novum premium

Irina Vonstadl

Halb Mensch
Halb Tier

Meine Traumwelt –
Der Traum

novum premium

Bibliografische Information
der Deutschen Nationalbibliothek:

Die Deutsche Nationalbibliothek
verzeichnet diese Publikation in
der Deutschen Nationalbibliografie.
Detaillierte bibliografische Daten
sind im Internet über
http://www.d-nb.de abrufbar.

ISBN 978-3-903861-30-5
Lektorat: Mag. Eva Zahnt
Umschlagfotos: Holyworks,
BarbaraCerovsek, Tanya Yurkovska,
Callipso88 | Dreamstime.com
Umschlaggestaltung, Layout & Satz:
novum Verlag

Gedruckt in der Europäischen Union
auf umweltfreundlichem, chlor- und
säurefrei gebleichtem Papier.

www.novumverlag.com

DIE HÜTER DER GEHEIMNISSE:

Rohn: braungelockte Haare und braune Augen

Abendstern: Einhorn von Rohn, weißes Einhorn mit einem goldenen Horn

Sidra: blonde schulterlange, gewellte Haare, strahlend blaue Augen, Heilerin

Abendsonne: Einhorn von Sidra, weißes Einhorn mit einem silbernen Horn

Iran: kurze braune Haare, braune Augen, Charakter: zurückhaltend, vertraut nicht jedem, geheimnisvoll, glaubt felsenfest an den Großen Herrn und Meister, schickt Botschaften an Auserwählte weiter

Abendfeuer: Einhorn von Iran, weißes Einhorn mit einem bronzenen Horn

DIE MONDWÖLFE:

Irina: braune wellige Haare, braune Augen, Schülerin von Rohn
Luna: Irina's Wolf, weiße Fellfarbe, braune Augen

Stefan: Cousin von Matthias und Tobias, braune kurze Haare, braune Augen, Schüler von Sidra
Aswan: Stefan's Wolf, schwarze Fellfarbe, braune Augen

Tobias: braune kurze Haare, braune Augen, Zwillingsbruder von Matthias, Schüler von Iran
Takeru: Tobias' Wolf, mittelbraune Fellfarbe mit schwarz-grauen Konturen, braun-graue Augen

Matthias: hellbraune Haare, braun-goldene Augen, Zwillingsbruder von Tobias, Schüler von Iran
Sky: Matthias' Wolf, hellbraun Wolf mit einer auffälligen schwarzen Schnauze, hellbraune Augen

Jul: braune Haare, braune Augen, Irinas Klassenkamerad, Schüler von Rohn
Hero: brauner Wolf mit einem breiten schwarzen Strich am Rücken und einer schwarzen Schwanzspitze, gelb-braune Augen

DIE GARDE DES HERRN:

Freiya: braun-rötliche, schlanke Wölfin, hellbraune Augen

Saila: schwarze Wölfin mit vereinzelten grau-weißen Stichelhaaren, dunkelbraune Augen

Laila: schwarze Wölfin, braune Augen

Rufus: grauer Wolf mit dunkelgrauen Konturen (Bauch, Kopf, Hinterbeine), hellgraue Augen

Prolog

„Die Welt ist in Gefahr. Sie braucht neue Auserwählte", sagte die erste Stimme.
„Der Herr wird schon etwas dagegen tun", beruhigte die zweite Stimme die erste.
Die zwei Gestalten hatten einen schwarzen Umhang an, der bis zum Boden reichte. Eine dritte Gestalt kam hinzu.
„Und? Was wird der Herr tun?", fragte die erste Gestalt.
„Er hat seine neuen Helden und Heldinnen schon auserwählt. Aber noch ist es nicht Zeit. Sie sind noch zu klein und zu jung für dieses Wissen."
„Der Herr hat Kinder auserwählt?", fragte die zweite Gestalt.
„Der Herr weiß, was das Beste für die Welt ist. Bis die Auserwählten so weit sind, sollen wir über die Welt wachen und über die Auserwählten."
„Wie sollen wir über die Welt wachen, wenn wir nicht einmal wissen, wo sich die Feinde niedergelassen haben?", fragte die zweite männliche Stimme.
„Der Herr hat Wachposten losgeschickt, die Ausschau halten sollen."
Die zweite männliche Gestalt ging aufgebracht davon.
„Hoffentlich weiß der Herr, dass die Welt bald untergeht", sagte die weibliche Stimme, bevor sie der männlichen Stimme hinterher ging.

1. Kapitel

Ein leichter Wind blies mir durch die Mähne. Mein Schnauben laut und unüberhörbar.
Meine Hufe flogen nur so über die Wiese. Ich konnte mein Herzklopfen in den Ohren hören, so schnell rannte ich. Hinter mir weiteres Schnauben. Ich drehte mich um zu meiner Herde. Sie folgten mir, ihre Ohren nach vorne gerichtet. Ein Wiehern drang in meine Ohren. *Nicht so schnell, ich wittere Gefahr!* Bei diesem Ruf wurden wir alle langsam und drehten uns um.
Ich wieherte zurück. *Was ist das?*
Es kam nichts zurück. Ein kalter Wind kam auf und der strahlend blaue Himmel verdunkelte sich.
Plötzlich brach eine Wolke aus dem fernen Wald hinter uns. Sie kam sehr schnell.
Mein Körper wollte am liebsten sofort losrennen, aber meine Beine bewegten sich nicht.
Der letzte Hengst schnaubte. Die Wolke kam immer näher und machte Geräusche.
Die Stute neben mir wieherte und stieg. *Was stehst du hier noch so rum? Wir sollten fliehen!* Aber die Worte drangen nicht durch mich hindurch.
Jetzt, als die Wolke nur mehr ein paar Meter von uns entfernt war, konnten wir sie erkennen.
Ein Heer aus Wölfen griff uns an. Sie bellten, knurrten und heulten in den Himmel empor. Der Hengst drehte sich um und sein schrilles Wiehern drang zu mir vor. *Lauft!*
Ich drehte mich um und galoppierte los. Egal wie schnell wir rannten, die Wölfe kamen uns rasant schnell nahe.
Bis sie uns komplett einkreisten. Rechts und links von mir waren sie. Ich musste abrupt bremsen, so wie meine Herde. Ich legte die Ohren an und kickte aus. Der Wolf jaulte auf und schlitterte zurück in die Menge.

Ich sah mich um. Sie ergriffen jeden Einzelnen und eroberten sie alle. Sie schlugen ihre Zähne in die Halsschlagadern jedes meiner Herdenmitglieder. Bis sie auch mich erobert hatten. Ein Wiehern erklang, aber ich verstand nichts. Es ging in dem Berg von Wölfen unter.

Das Klingeln meines Weckers riss mich aus meinen Schlaf, aus meinem Traum. Ich fühlte, wie ich zitterte, konnte noch genau die Zähne eines Wolfes an meinem Hals spüren und wie das Blut an meinen Vorderbeinen hinunter rann.
Ich setzte mich im Bett auf und schaltete den Wecker meines Handys aus. Ein paar Mal atmete ich tief ein und wieder aus, fuhr mir mit den Händen über das Gesicht, über meine Augen, um wach zu werden.
Ich schaltete das Datenvolumen meines Handys ein.
Von unten hörte ich Mama rufen: „Aufstehen!“
„Ja!“, schrie ich zurück.
Niemand hat mich in der Nacht gebraucht, dachte ich.
Schnell stand ich auf, wusch mich und zog mich an.
Unten wartete Mama schon auf mich mit dem Frühstück, die Uhr zeigte mir halb sieben in der Früh.

2. Kapitel

Beim Frühstück redeten Mama und ich kaum.
Mama las in der Tageszeitung und ich schaute aus dem Fenster. Es war selten, mit Mama zu frühstücken, da sie sehr viel arbeiten musste.
Papa musste früh arbeiten gehen. Unter der Woche sah man ihn kaum, da er bis spät am Abend arbeitete.

Kurz vor sieben Uhr zog ich mir die Schuhe und die Jacke an. Pünktlich um sieben Uhr verabschiedete ich mich von Mama. Ich gab ihr einen Abschiedskuss, ging aus dem Haus, die Stiegen hinunter und Richtung Bushaltestelle.
Während ich so schweigsam vor mich her starrte, grübelte ich über meinen Traum nach. Er hat sich so echt angefühlt, als hätte ich eine Rolle darin gespielt.
Nicht als Mensch, sondern als Tier, als Pferd. Als eine prachtvolle Friesenstute, die von ihrer Herde geliebt wurde.
An manchen Tagen spüre ich, dass ich einfach nicht als Mensch hier her gehöre. Ich sah zum Himmel empor und fragte mich nicht zum ersten Mal: *Wofür bin ich auf dieser Welt?*
Das klingt zwar verrückt, aber oft spüre ich, dass ich für etwas bestimmt bin. Ich habe nur bis jetzt noch nicht herausgefunden, wofür ich hier bin.

3. Kapitel

An der Bushaltestelle angekommen wartete auch schon meine Freundin Ines.
„Hallo Ines“, begrüßte ich sie.
„Hallo Irina.“ Wir umarmten uns.
„Wie hast du deine letzten Sommertage verbracht?“, fragte ich sie.
„Sie sind leider viel zu schnell vergangen. Eigentlich habe ich nicht viel gemacht. Ich bin noch mit Mama und Papa schwimmen gegangen, und jede Nacht zu lange aufgeblieben“, sie lachte dabei.
Ich erzählte ihr, was ich alles getan habe.
In der Zwischenzeit sind noch ein paar andere Schulkameraden gekommen, mit denen wir aber nichts zu tun haben. Und eine von meiner Klasse, mit der Ines und ich in Kindergartenzeiten befreundet waren.
Aber seit der 3. Volksschule hatte sich das geändert.
Der Bus kam und hielt an. Schon etwas gefüllt, da schon einige an der vorigen Haltestelle eingestiegen sind, ergatterte sich Ines vor einem höherem Schulstufenklässler einen Zweier-Platz
Nachdem wir eingestiegen waren, fuhr der Bus zum Pollinger Dorfplatz, an dem noch eine Freundin von Ines wartete und ein paar alte Klassenkameraden.
Ines und ich hockten auf dem Zweier-Platz, während unsere Freundin, Valentina, stehen musste.
Wir redeten hauptsächlich über die Sommerferien, wie schnell sie vergangen sind und wie wohl das neue Schuljahr aussehen würde.
Der Bus hielt an der Haltestelle in Hatting an, unserem Nachbardorf.
Dort stiegen ebenfalls ein paar Klassenkameraden von mir und ein paar von Ines' und Valentinas Klassenkameraden ein.
Als alle eingestiegen waren, fuhr der Bus nach Inzing.
An der Inzinger Schwimmbad-Bushaltestelle hielt er an, alle im Bus stiegen aus.

In Inzing stiegen ein paar Jugendliche ein und der Bus fuhr wieder Richtung Telfs zurück. Ines, Valentina und ich gingen zur Schule, an der wir auf Damla warteten, die ebenfalls bald kam. Ich folgte Ines' und Valentinas Gespräch nicht. Mit meinen Gedanken zu vertieft in meinen Traum, hörte ich nicht einmal Damla näherkommen.

Nachdem Damla sich zu uns gesellt hatte dauerte es nicht lange, dann durften wir in die Schule hineingehen.

An der langen schmalen Wand vor dem Eingang stand nicht mehr: HAUPTSCHULE INZING, sondern: NEUE MITTELSCHULE INZING.

Über den Sommerferien hatten die Bauarbeiter die Schule komplett renoviert, alles war neu, auch die Klassenzimmer!

Ich dachte an die erste Klasse zurück, es gab viele Höhen und Tiefen, und jetzt gehen wir schon in die zweite Klasse.

Wir mussten in den ersten Stock gehen, denn dort lagen unsere Klassenzimmer. Ich verabschiedete mich von den anderen und ging in die Garderobe der Klasse 2c! Ines, Valentina und Damla gingen in die 2b.

4. Kapitel

Fertig mit dem Ausziehen von Jacke und Schuhen ging ich in das Klassenzimmer. Fast alle waren schon da, ein paar fehlten noch. Ich suchte mir einen Platz aus, an dem nur ich hocken würde, denn ich hatte in der Klasse keine Freunde, eine Einzelgängerin, aber ich war nicht traurig darüber. Es gab Tage, an denen wünschte ich mir schon eine Freundin, aber meistens war ich gerne alleine.
Gleich neben der Türe war noch ein Tisch frei, den ich mir gleich schnappte.
Gerade schaute ich hinaus um zu sehen, wer noch kommt, es war Julian, den wir immer Jul nannten.
Letztes Jahr war ich in ihn verliebt, aber das hatte sich schnell wieder gelegt. Wir redeten kaum miteinander.
Als ich meinen Blick aufrichtete, ging Jul gerade durch die Tür. Er blieb bei mir stehen und sah mir in die Augen: „Hallo Irina. Wie waren deine Ferien?"
Kurz war ich sprachlos, er hatte mich so etwas noch nie gefragt. Lächelnd erwiderte ich: „Hi Jul. Gut, aber etwas zu kurz. Wie waren deine Ferien?"
Er musterte mich, bevor er mir antwortete. „Auch gut", sagte er knapp und lächelte zurück.
Dann ging er zu seinem Platz. Er setzte sich neben Lukas mit den blonden Haaren.
Mit der Zeit kamen alle Klassenkameraden in das Klassenzimmer. Pünktlich um 07:45 Uhr läutete die Schulglocke und alle saßen auf ihren Plätzen. Als unsere Klassenvorstände kamen standen wir auf: „Guten Morgen, Frau Schönach und Frau Permann."

Beide Lehrerinnen standen hinter einem runden Tisch, der mit einer langen Stange an vier langen Füßen mit Rädern stand. Frau Schönach hatte kurze blonde Haare und war unsere Turnlehrerin und unsere Englischlehrerin.

Frau Permann hingegen hatte kurze schwarze Haare, eine festere Figur als Frau Schönach und war unsere Deutsch- und unsere Zeichenlehrerin.
Sie gaben uns das Zeichen, dass wir uns niedersetzen durften.
„Wir hoffen, ihr hattet einen schönen Sommer und erholsame Ferien. Und startet mit Fleiß und guter Laune ins neue Schuljahr", sagte Frau Permann.
Frau Schönach verteilte ein kleines Heft, in dem wir unseren Stundenplan und Informationen notieren konnten während des Jahres.
„Wie jedes Jahr bekommt ihr ein Mitteilungsheft.
Dort notiert ihr euch das Wertvolle."
Es klopfte an der Türe und zwei Viertklässler kamen herein:
„Wir sollen euch die Bücher bringen."
„Oh, ja, danke", bedankte sich Frau Permann.
Dann teilten Lukas Marthe und Jul die Bücher aus.
Am ersten Schultag besprachen wir das Wichtigste für die Woche. „Am Mittwoch habt ihr wieder sechs Stunden.
Da beginnt euer Schulalltag wieder", sagte Frau Schönach.
Alle Klassenkameraden stöhnten auf und verdrehten die Augen.
Durch den Umbau über die ganzen Sommerferien hatten wir eine Woche länger frei, deshalb waren wir im Verzug.

Um 10:30 hatten wir aus.
Ines, Valentina und Damla warteten schon auf mich. Wir gingen die Treppen hinunter und erzählten uns gegenseitig, was wir so in den Ferien getan haben.
„Und, Irina, was hast du so in den Sommerferien getan?", fragte mich Damla.
„Ich war zweimal mit meiner Freundin Felicitas im Reitlager. Bin so oft wie es ging schwimmen gegangen. Hab Filme geschaut. Sonst nicht viel", antwortete ich ihr.
„Und was hast du dieses Wochenende noch vor?", fragte mich Damla neugierig.
„Am Samstag gehe ich wieder reiten", antwortete ich.
„Schade, sonst hätten wir ausmachen können", sagte Damla etwas enttäuscht.

Zum Glück nicht, dachte ich. Die restlichen Stufen gingen wir schweigend hinunter.

Vor dem Haupteingang draußen verabschiedeten wir uns voneinander. Ines und Valentina gingen mit mir zur Bushaltestelle. Vor uns waren Gruppen aus Freunden, die zusammen in eine Klasse gingen.
Manchmal fühlte ich mich von meinen Freunden ausgeschlossen, weil ich nicht mit ihnen reden konnte und in meiner Klasse passierte nichts Spannendes, so wie manchmal in der 2b.
Damals, in der ersten, wollte ich auch in die 2b wechseln, aber es ging nicht mehr.
Ich bin auch froh, nicht bei ihnen zu sein. Ich wollte nur zu Ines, aber mich jeden Tag dann mit Valentina herumschlagen zu müssen wollte ich auch nicht. Seit wir in den Kindergarten gingen hat sich Valentina schon immer zwischen uns gedrängelt und somit Ines und mich ein wenig auseinandergebracht.
In der 2. Klasse Volksschule begannen die Jungs, dumm mit uns zu tun.
Auch eine Lehrerin hat mich damals immer schikaniert, das ging damals bis in die 3. Klasse. Irgendwann in der 4. Klasse hat sie sich bei mir entschuldigt.
Auch wenn ich mich damals mit ihr vertragen habe, so werde ich das nie vergessen, was sie mir alles angetan hat.
An meiner linken Seite sah ich meine Klassenkameraden Johanna, die Jotschi genannt wird, Verena, die Veri genannt wird, und Sandra, mit der ich in die Volksschule gegangen bin. Ich bin in der Klasse die Unbeliebteste von allen.
Bin aber immer viel zu nett zu den anderen.
Wir warteten an der Bushaltestelle und der Bus kam drei Minuten verspätet.
Als er anhielt stiegen alle ein und jeder drängelte sich hinein, um einen Platz zu bekommen. Wir, Ines, Valentina und ich, mussten stehen.
Der Bus war jedes Mal total voll, sodass jeder auf jeden hinaufflog.

Erst als Hatting kam und all diejenigen, die in Hatting wohnten, ausstiegen, wurde der Bus leer und jeder konnte sich irgendwo festhalten.
Als nächstes hielt er am Pollinger Dorfplatz an. Gerade stiegen die Zwillinge, Matthias und Tobias, und deren Cousin Stefan aus. Noch immer, wenn ich Stefan erblicke, spüre ich einen kleinen Stich im Herzen und Schmetterlinge im Bauch.
Ich war schon seit der 4. Volksschule in Stefan verliebt, aber er redete nichts mit mir und ich konnte ihn auch verstehen. Er hatte zu mir gesagt, dass ich nie etwas mit ihm geredet habe und er mich deshalb auch nicht mag und das Gleiche gilt auch für die Zwillinge.
Ines hatte mich beobachtet und wusste sofort, was mit mir los war. Ines, Valentina und Damla sagten jedes Mal, wenn wir auf ihn und mich kamen, dass ich ihn aufgeben und vergessen sollte, aber das kann und will ich nicht! Er ist derjenige, der in meinem Herzen ist!
Und sonst keiner! Ines und ich stiegen am Ende von Polling aus, sowie einer aus der ersten und Sandra, die in meine Klasse ging. Ines und ich gingen den Gehsteig entlang und mussten dann links abbiegen, bis wir zu einer Kreuzung kamen, da verabschiedeten wir uns. „Hör mal, Irina“, sprach sie an.
Ich blickte sie an. Sie wusste keine Worte.
„Vielleicht ist es wirklich besser für dich, Stefan einfach zu vergessen. Deine Gefühle für ihn zu unterdrücken“, sagte sie vorsichtig.
Und da war sie, diese manchmal verständnislose Freundschaft von uns.
Ich mochte sie sehr, aber sie verstand mich manchmal nicht, sowie meine Liebe zu Stefan. Niemand konnte das verstehen, selbst ich verstand sie nicht einmal. Sie war einfach da und ließ nicht mehr los.
„Bitte nicht jetzt“, ich lächelte sie müde, aber dennoch freundlich an.
Sie nickte: „Ich will nur nicht, dass du dein Leben lang damit verbringst, ihn zu beeindrucken. Wenn er nicht das sieht, was du bist, ist er nicht der Richtige für dich. Egal wofür du dir die

Schuld gibst, wenn er dich wirklich lieben sollte, dann hätte er dir verziehen."
Ich sah auf den Boden. *Warum musste alles immer kompliziert sein?*
„Bis morgen, Irina", sagte Ines.
„Bis morgen", sagte ich.
Ines musste geradeaus gehen und ich bog links ab, bis zu einem lila bemalten Haus mit rotem Streifen. Das war das Haus von meinen Eltern, in dem ich wohnte.

5. Kapitel

Meine Mama war daheim, nur Papa war arbeiten bis abends, dann kam er nach Hause. Meine Schwester Nadine wohnt schon seit einem Jahr bei ihrem Freund und deren Kindern, Julia und Daniel. Und meine zweite Schwester, Diane, wohnt mit ihrem Freund Wolfgang, den wir Wolle nennen, und mit meinem Neffen Philipp in Inzing.

„Hallo!", schrie ich zu Mama. Mama machte die Küchentür auf und kam zu mir: „Hallo, mein Schatz, wie war der erste Schultag?" Ich zuckte nur mit den Schultern.

„Morgen bekommen wir die restlichen Bücher und am Mittwoch haben wir schon sechs Stunden", erzählte ich ihr. Ich ging in die Küche um zu schauen, was es zu essen gab, wenn Papa von der Arbeit kam. „Gina!", schrie ich ihr, die schon im oberen Stock winselte wie verrückt. Gina sauste den Flur entlang, die Treppen hinunter, und begrüßte mich mit einem Spielzeug im Maul.

Vor mir saß ein schwarz-weiß-brauner Hund.

Ich gab ihr das Zeichen, dass sie mich anspringen durfte mit ihren Vorderpfoten.

„Kannst du bitte mit Gina rausgehen?", fragte Mama mich. Ich verdrehte die Augen: „Wenn es sein muss! Komm, Gina." Ich zog Gina den Gurt und die Leine an. Sie sauste sofort wieder zurück in die Küche, in der Mama noch beschäftigt war. Ich zog mir die Schuhe noch einmal an. Das Wetter war noch fein warm, aber schon morgen sollte es wieder abkühlen.

Ich rief Gina, aber sie kam nicht.

Ich hörte, wie Mama Gina zu mir schicken wollte, aber sie kam immer noch nicht. Ich ging in die Küche, dort schaute Gina gespannt Mama hinterher wie sie das Essen zubereitete. Als ich die Leine nahm, ging sie ohne zu zögern mit mir. Wir gingen raus vor die Tür, die Stiegen hinunter.

Ich blieb nach der letzten Stufe stehen und fragte Gina: „Gehen wir links oder rechts?" Gina schnüffelte und entschied sich

für rechts. Wir gingen an einem gelben Haus vorbei und an einem grauen.
Es kam ein Gras-Streifen, an dem Gina gleich alles machte. Anstatt zu drehen, trabte Gina gleich weiter. Vorne an der Hauptstraße kam rechts ein kleiner Hügel, den ich immer hinauf kletterte. Auf dem Hügel war eine Kapelle, die die Heilige Notburga zeigte. Gina und ich liefen den Hügel hinauf und blieben oben stehen. Ich liebte diesen Hügel, von dort aus konnte ich Stefans Grundstück sehen. Sein Papa war Landwirt und hielt Kühe daheim. Er half seinem Vater jeden Tag im Stall sobald er von der Schule kam.
Gina stupste mich an zum Weitergehen. Ich kehrte dem Grundstück den Rücken zu und wir gingen auf einen kleinen Fluss zu, der an der anderen Straßenseite lag. Gina sprang mit ihren Vorderpfoten sofort auf das Geländer und wir schauten dem Fluss zu, wie er in Richtung eines Sees mit Fischen floss.
Ich lächelte sie an und streichelte ihren Kopf, das gefiel ihr. „Warum muss das Leben nur so kompliziert sein?“, fragte ich sie. „Komm, gehen wir wieder nach Hause.“ Sie nahm ihre Vorderpfoten vom Geländer und ging zum Hügel zurück. Bevor ich aber die Böschung hinunter ging, drehte ich mich um und blickte zu einem großen Berg hinauf. Auf dem Hügel fühlte ich mich wie eine Königin von früher, die auf ihr Volk hinabblickte. Rechts von mir mein Ehemann, der mich liebte, und dahinter unsere Garde, die uns beschützte. Genau dafür schlug mein Herz. Meiner inneren Unruhe entkommen, der Schule und all den Menschen.

Zuhause angekommen zog ich Gina den Gurt aus und erlaubte ihr in die Küche zu stürmen. Ich zog mir die Schuhe aus und ging ebenfalls in die Küche.
Mama saß auf ihrem Platz, der gegenüber der Tür war.
Ich setzte mich schräg neben sie. Sie blätterte gerade die Zeitung zu Ende, klappte diese zu und fragte mich: „Und, war sie brav? Hat sie alles gemacht?“
„Ja, sie war brav. Nein, sie hat nicht groß gemacht.“ „Warum denn nicht?“, fragte Mama Gina. Gina legte eine Pfote auf ihren Schoß zum Zeichen, dass sie auf den Schoß wollte.

Und genau das machte Gina auch, sie hüpfte mit ihren Vorderpfoten auf den Schoß. Ich stand auf und ging ins Wohnzimmer zur Gartentür und machte auf. Gina lief mit einem Spielzeug im Maul an mir vorbei in den Garten hinaus.
Mama kam mit zwei Gläsern in den Händen nach. Jedes Glas mit Wasser befüllt. Ich nahm einen Schluck von dem erfrischenden Wasser und legte mich gleich auf die Liege. Rechts neben uns sind die Streitbergers zuhause. Wir hörten Kathrin gerade mit Julia und Christina, deren Kindern, schimpfen, der Vater, Franz Streitberger, war wohl arbeiten.
Früher habe ich oft mit Christina spielen dürfen, aber seit Julia auf der Welt war durfte ich das nicht mehr.
Aber das ist schon fünf Jahre her.
Seitdem habe ich nicht mehr mit ihr gespielt, geschweige denn geredet.
Dann hörten wir noch jemanden schimpfen. Es war Norbert Menzinger, der neben Gerhard wohnte. Mama und ich mussten grinsen. Es wurde wieder still dort drüben. Man hörte nur mehr die Nachbarskinder und sonst niemanden.
Die Zeit verging schnell und gegen 16:45 Uhr kam Papa nach Hause. Er schickte Gina in ihren Korb, in dem sie warten musste bis Papa sagte, dass sie kommen durfte. Er zog sich die Schuhe aus und gab Mama und mir einen Kuss.
„Okay!“, schrie Papa zu Gina. Sie stürmte den Flur entlang zu Papa, sprang mit ihren Vorderpfoten auf seine Brust. Er streichelte sie zur Begrüßung. Sie sprang wieder auf den Boden und holte einen Socken von Papa. „Was machst du mit meinem Socken?“, fragte Papa Gina. Er nahm das Ende des Sockens und zog daran. Gina aber ließ nicht los und zog weiter an dem Socken, so wie Papa.
Papa gab auf und ließ den Socken wieder los: „Ich gehe noch schnell duschen.“ Er gab Mama noch einen Kuss auf den Mund und ging runter in den Keller zu seinem Bad.
Mama richtete den Tisch her. Als Papa in die Küche kam war das Essen schon am Tisch. Er setzte sich an seinen Platz und wir sagten: „Mahlzeit.“

„Und, wie war dein erster Tag in der Schule wieder?", fragte Papa mich. „Naja, ich hätte gerne noch Ferien", antwortete ich ihm. „Morgen bekomme ich die restlichen Bücher. Die Mama muss sie bitte einbinden. Und übermorgen beginnt die Schule mit den sechs Stunden wieder. Und wie war es bei dir?", fragte ich Papa. Er erzählte uns, wie es ihm ergangen war und etwas über seine Arbeitskollegen.
Nachdem wir fertig waren räumte Mama den Tisch ab. Papa ging ins Wohnzimmer und ich ging in mein Zimmer. Ich schaute aus meinem Fenster hinaus. Ich war an der Seite, an der ich in den Garten schauen konnte. Vor meinem Fenster, weit weg, sah man den Berg, den ich bei jedem Spaziergang bewunderte. Papa hat mir mal gesagt, dass hinter dem Berg Italien liegt und Italien war mein Lieblingsland, wir machten dort jeden zweiten Sommer eine Woche lang Urlaub.

Ich ging in mein Arbeitszimmer, schaltete den Computer ein und fing an zu spielen, bis es Zeit wurde mich bettfertig zu machen. Ich putzte meine Zähne, ging hinunter in die Küche. Mama kam, sagte „Gute Nacht", und gab mir einen Kuss.
Ich wünschte ihr auch eine „Gute Nacht". Papa schlief, deswegen konnte ich zu ihm nicht „Gute Nacht" sagen. Im Radio hörte ich gerade die Nachrichten. Ich lag noch eine Weile wach, bis ich schließlich einschlief.

6. Kapitel

„Wo sind wir hier, Sidra?“, fragte die männliche tiefe Stimme.
„Dieses Dorf nennt sich Polling“, sagte die weibliche Stimme.
„Was für ein grässlicher Name“, sagte eine zweite männliche Stimme.
Sidra verdrehte genervt die Augen.
„Hier sind wir richtig. Ich spüre es“, sagte die erste männliche Stimme.
„Ich frage mich immer noch, warum der Herr damals Kinder auserwählt hat, anstatt uns das regeln zu lassen“, regte sich die zweite männliche Stimme auf.
„Weil es nicht unsere Aufgabe ist, die Welt zu beschützen, sondern die Auserwählten zu führen und zu leiten“, erklärte Sidra.
„Mit unseren Einhörnern wäre dieser Krieg schon längst zu Ende“, maulte Iran weiter.
„Du weißt ganz genau, dass unsere Einhörner Grenzen haben. Sie sind die Schöpfer des Herrn und kämpfen nur dann, wenn es nicht anders ginge“, erinnerte Sidra die beiden Männer.
„Teilen wir uns auf“, sagte die erste Stimme.
Alle drei nickten sich zu.
Sie schwangen sich auf die Rücken ihrer Einhörner und teilen sich auf. Sidra ging ans Ortsende, Iran ging an den Ortsanfang und Rohn ins Ortszentrum.

„Heilige Notburga“, las Rohn vor.
Dann fühlte er etwas. Eine ungeheure Kraft.
Ich muss ganz in der Nähe sein, dachte er. Sein Einhorn wieherte leise zur Bestätigung. Er ging die Straße hinunter, an Doppelhaushälften vorbei.
Hier wird es stärker.
Er drehte sich mit dem Gesicht zum Haus, aber er konnte nicht zuordnen zu welchem Haus. Sein Kopf drehte sich nach rechts und nach links. Die Kraft strahlte überall heraus. Sein Einhorn stampfte mit dem Huf auf, als ob es sich ärgerte.

„Du weißt auch nicht, woher diese Kraft kommt, nicht wahr?“ Er streichelte den Hals seines Einhorns.
Es schnaubte. Er ging wieder zur Notburga-Kapelle, da spürte er noch einmal dieses Gefühl.
Automatisch drehte er sich um und sah auf ein großes Grundstück.
Eine Kuh gab einen Laut von sich.
Der Mond schien schwach auf das Grundstück.
Rohn trieb sein Einhorn wieder zum Treffpunkt. Kurz nachdem Rohn dort ankam, kamen seine beiden Kollegen zu ihm.
„Und, habt ihr was gespürt?“, fragte er.
Iran nickte: „Richtung Ortsanfang habe ich gleich zweimal etwas gespürt.“
„Ich habe nichts gespürt, und du, Rohn?“, sagte Sidra.
„Komisch, dort unten habe ich auch zweimal etwas gespürt. Aber bei der Kapelle wird die Kraft so stark, dass ich nicht zuordnen kann, zu welchem Haus sie gehört“, sagte Rohn.
„Dann leben vier Jugendliche hier, die der Herr auserwählt hat“, sagt Iran. „Was für ein Zufall.“
„Kommt, gehen wir uns das mal anschauen“, beschloss Sidra.
Und schon ging ihr Einhorn Richtung Ortszentrum.

Ich wachte in der Nacht auf, weil ich Hufe trampeln hörte.
„... Kommt, gehen wir uns das mal anschauen“, hörte ich gerade.
Ich setzte mich im Bett auf, aber dann war es mucksmäuschenstill.
Ohne weiter darüber nach zu denken legte ich mich wieder hin und versuchte einzuschlafen.

„Irina, aufstehen!“, schrie Mama mir.
Ich hob meinen Arm um auf die Uhr zu schauen. Fünf nach sechs zeigte mir die Handyuhr. Widerwillig stand ich auf und machte mich fertig.
Kommt, gehen wir uns das mal anschauen, schoss es mir wieder durch den Kopf.
Was war das? Höre ich jetzt schon Geister?
Die Worte hallten mir immer wieder durch den Kopf, als ob die Person es zu mir gesagt hat.

Pünktlich um sieben Uhr verabschiedete ich mich von Mama und ging zur Bushaltestelle. Am Stufenende blies mir der Wind etwas entgegen. *Dann leben vier Jugendliche hier, die der Herr auserwählt hat.* Ich runzelte die Stirn. Mein Blick ging Richtung Hügel, aber dann schüttelte ich den Kopf und ging weiter zur Bushaltestelle. Ines wartete schon auf mich.
„Ich muss dir unbedingt was erzählen", brach es aus ihr heraus. „Heute vor genau einem Jahr hat Tobias mir sein wahres Gesicht gezeigt."
Ines war in der 1. Klasse in Tobias verliebt gewesen, aber als sie ihm ihre Liebe gestand, ließ er sie abblitzen, sodass es ihr das Herz brach.
„Ach ja, stimmt. Hast wohl hoffentlich ein Schokoeis daheim", ich zwinkerte ihr zu und wir beide lachten darüber.
„Ich glaube immer noch, dass ihr sehr gut zusammengepasst hättet", sagte ich.
Sie zuckte mit den Achseln: „Er wollte es nicht. Und ich renne ihm ganz bestimmt nicht hinterher. Jetzt, da er es sich verspielt hat mit mir."
So gut ich Ines auch kannte, wusste ich, dass sie das damals sehr verletzt hat und heute immer noch eine tiefe Wunde dort war.
„Schon blöd, für zwei Stunden in die Schule fahren zu müssen", wechselte sie das Thema.
„Ines, du kannst gerne mit mir darüber reden", bot ich ihr an.
Sie sah auf den Boden und sprach leise weiter: „Danke. Aber das ist schon so lange her, dass ich gar nicht mehr darüber sprechen möchte, geschweige denn daran denken." Ich sah in ihren Augen einen tiefen Schmerz und nickte ihr zu. „Ja, hast Recht, ist besser, wenn wir es vergessen", gab ich ihr Recht.

„Seht sie euch an, die Mädchenbande", sagte Tobias angewidert.
„Jetzt sieh nicht ständig dort hin", sagte Stefan.
Matthias stieß Tobias von der Seite an: „Weißt du, welches Datum heute ist?"
Tobias schüttelte den Kopf. Matthias strahlte über das ganze Gesicht: „Heute vor genau einem Jahr hast du Ines abserviert", sagte Matthias.

„Aja, das war heute", bestätigte Stefan.
„Es war für euch beide das Beste. Sie hätte dich bestimmt nach einem Monat abserviert", sagte Matthias, während er etwas in sein Handy tippte.
Tobias sah auf sein Handydisplay und starrte das Datum an. *Natürlich weiß ich das noch.* Ein Stich im Herzen schmerzte ihn in der Brust.
Wenn wir damals zusammen gekommen wären, wären wir dann heute nicht doch noch zusammen?, fragte sich Tobias in dem Moment.
Ich hatte die drei Jungs die ganze Zeit beobachtet und dabei auch Tobias' Blick gesehen.
Er hob den Kopf und sah mir in die Augen. Ein Schmerz blitzte in seinen Augen auf.
Den Bruchteil einer Sekunde verfinsterte sich sein Blick. Er drehte den Kopf weg und starrte aus dem Fenster.
Könnte es sein, dass Tobias Ines noch liebt?
Aber warum? Er hat sie doch abserviert.

In der Schule angekommen saß ich an meinem Tisch und starrte darauf. Zuerst diese merkwürdigen Stimmen der Nacht und jetzt auch noch der Blick von Tobias, als er Ines sah.
Wie gerne hätte ich jemanden, mit dem ich mich unterhalten könnte.
Pünktlich um dreiviertel nach sieben klingelte die Schulglocke. Wenig später kamen auch schon Frau Permann und Frau Schönach in die Klasse. Hinter Frau Schönach kamen zwei Viertklässler, die die schweren Bücher trugen. Frau Schönach bedankte sich bei den beiden und entließ sie wieder.

Beide Lehrerinnen gaben uns das Zeichen, dass wir uns niedersetzen durften.
„Johannes und Julian, teilt ihr bitte die Bücher aus."
Widerwillig standen sie auf und verteilten die Bücher.

7. Kapitel

„Und, fühlt ihr etwas?“, fragte Sidra ihre beiden Kollegen.
„Nein“, sagte Rohn seufzend. Iran schüttelte den Kopf.
„Das ist heute schon die dritte höhere Schule, die wir besuchen, und ihr beide spürt rein gar nichts“, regte sich Sidra auf. Sie brach mitten im Satz ab und hielt inne.
„Was ist los?“, fragte Rohn.
Sidra starrte zu den Schülern. „Wartet mal, ich spüre etwas, ihr nicht?“
„Jetzt, wo du es sagst“, gab Iran ihr Recht.
Ein Mädchen mit langen lockigen Haaren kam gerade auf den Schulhof.
„Das muss eine Auserwählte sein“, freute sich Sidra.
„Das ist aber nicht dasselbe Gefühl, das ich hatte“, sagte Rohn.
„Ich auch nicht“, sagte Iran.
„Das ist doch egal. Wir haben eine gefunden und das ist die Hauptsache“, fauchte Sidra die zwei Männer an.
„Die Welt ist gerettet. Wir haben eine Auserwählte gefunden.“

Zuhause angekommen begrüßte mich Gina wie wild. Mama war nicht daheim, sie musste in der Stadt etwas erledigen. Papa musste früher arbeiten, weil die Firma ihn dringend brauchte. Und Nadine würde heute Abend Gina wieder zu sich holen.

„Brauchst nicht mehr mit Gina raus zu gehen. Hat bei mir alles gemacht. Essen für später ist im Kühlschrank. Bussi, bis bald“, las ich laut vor.
Ich zog mir die Schuhe aus. Gina tanzte immer noch um mich herum, bis ich ihr meine volle Aufmerksamkeit schenkte.
Sie ließ sich auf den Rücken fallen und genoss meine Streicheleinheiten.
Ich ging Richtung Terrassentür und machte sie auf.

Gina sprang auf und trabte zu mir hinaus. Sie schnüffelte an jeder Ecke und wälzte sich genüsslich.
Als sie fertig war schmiss sie mir ihr Lieblingsspielzeug vor die Füße.
Aufgeregt wedelte ihr Schwanz hin und her, ihre Augen fixierten abwechselnd das Spielzeug und dann mich. Die Sonne schien auf die Erde herab.
Noch war es warm, aber die Wetterprognosen sagten etwas anderes vorher.
Bald würde der Herbst herbei trudeln und dann würde es wieder kalt werden. Ich duckte mich, hob das Spielzeug auf und ließ es vor ihrer Schnauze baumeln. Ihre Muskeln zitterten schon vor lauter Anspannung.
Dicht über ihrem Kopf schmiss ich es ihr hin.
Sie sprang in die Luft und erwischte es. Sie kam wieder auf mich zu und legte es vor meinen Füßen ab. Nach einer gefühlten Ewigkeit hechelte sie wild.
Ich schmiss es ihr noch einmal zu, dieses Mal erwischte sie es nicht in der Luft und musste hinterher rennen. Sie nahm das Spielzeug in ihr Maul und trabte an mir vorbei zurück ins Haus.
Ich folgte ihr, schloss die Türe wieder hinter – mir.
Wir machten es uns im Wohnzimmer gemütlich und sahen fern.

Rohn, Iran und Sidra folgten dem Mädchen nach Hause.
Sie war alleine. Sie machte den Kühlschrank auf und nahm ihr Essen heraus.
Sie ging auf die Couch zu, schaltete den Fernseher ein und machte es sich mit ihrem Mittagessen gemütlich. Ihre -Katze kam zu ihr und legte sich zu ihr hin.
„Warum wählt der Herr eine Vegetarierin aus?“, fragte Iran.
„Woher willst du wissen, dass sie eine Vegetarierin ist?“, fragte Rohn erstaunt.
„Vegetarierinnen riechen anders als fleischessende Leute“, erklärte Iran.
Rohn, Iran und Sidra gingen weg vom Haus.

„Jetzt, da wir wissen, wo eine der Auserwählten lebt, sollten wir die anderen suchen gehen“, bestimmte Rohn. Sie schwangen sich auf ihre Einhörner und galoppierten zum Himmel empor. Nach einer Weile zügelte Rohn sein Einhorn.
„Was ist los?“, fragte Sidra.
„Hier fühle ich etwas“, sagte er.
„Aber hier ist kein Haus. Nur die Hauptstraße“, sagte Iran.
„Fühlt ihr es etwa nicht?“, fragte Rohn.
Beide schüttelten die Köpfe.
Rohn streichelte über den Hals seines Einhorns: „Aber du fühlst es schon.“
Das Einhorn warf den Kopf hoch und spielte mit den Ohren.
„Er fühlt es auch.“
„Wie wäre es, wenn du ihn fliegen lässt. Er weiß bestimmt wohin“, schlug Sidra vor.
Rohn nickte. Er drückte seine Schenkel sanft an sein Einhorn. Es setzte sich in Bewegung und flog zielsicher. Das Einhorn blieb an einer Reihe von Doppelhaushälften stehen. Sein edler Kopf schwang von rechts nach links.
*Hier ist es. Das ist das Haus,*sagte das Einhorn zu Rohn.
Sie landeten auf einem Dach.
„Du hast Recht, Rohn. Hier ist das Gefühl sehr stark.“
Sidra ließ sich vom Rücken ihres Einhorns gleiten.
„Weiter vorne spürt man auch noch etwas“, sagte Rohn.
Sidra schwang sich wieder auf ihr Einhorn.
„Gut, dann zeig mal.“ Rohn drückte seine Schenkel an das Einhorn, mit einem Satz war das Einhorn in der Luft. Er lenkte es zu einem Hügel, auf dem sie landen konnten.
„Spürt ihr das?“, fragte Rohn.
„Wow, eine ungeheure Kraft ist hier. Sie vermischt sich mit dem Haus und dem Grundstück“, staunte Sidra.
„Dieses Grundstück dort“, Rohn zeigte auf den Bauernhof vor ihnen. „Dort lebt ein Auserwählter.“
„Iran, zeig uns den Weg zu deinem Fund von gestern“, sagte Rohn.
„Gerne“, Iran schwang sich rauf und drückte seine Schenkel an das Einhorn. Das Einhorn wieherte und galoppierte los.

Sidra betrachtete das Grundstück.
„Na los, komm. Schwing dich rauf", sagte Rohn.
Die beiden Einhörner galoppierten hinterher und schwangen sich in die Luft. Auf einer grünen Wiese landeten sie ihre Einhörner. Iran positionierte sich so, dass sie direkt auf das Haus sehen konnten.
Ein weißes Haus erstreckte sich vor ihnen.
„Die haben ein schönes Haus", sagte Sidra.
„Ja, viel zu viel Geld", sagte Iran grimmig.
Rohn verdrehte die Augen: „Schau nicht immer auf das Äußere. Sieh hinein. Es sind nicht immer alle schlecht, nur weil sie vielleicht mehr Geld haben als manch andere."
„Aber die meisten", konterte Iran, ein Unterton von Trauer lag darin.
„Der Herr weiß, wen er auserwählt hat. Vertrau ihm", erwiderte Sidra.
Iran schüttelte Sidras Hand von seiner Schulter. Niemand konnte seine Abneigung verstehen. Sidra seufzte und sah traurig zu ihm. Iran richtete seinen Blick auf den Boden. Er trieb sein Einhorn sachte vorwärts. Rohn und Sidra ritten ihm hinterher.
„Du weißt, dass Sidra das nicht so meinte", sagte Rohn.
„Ja, das weiß ich", sagte Iran.
Er trieb sein Einhorn schneller an und es begann zu traben.
„Er ist manchmal übersensibel", sagte Sidra zu Rohn.
Rohn schüttelte den Kopf: „Du kennst Iran. Er ist mit dieser Situation nicht zufrieden." Rohn trieb sein Einhorn an und folgte Iran.
Sidra wollte mit ihrem Einhorn nachtraben, aber etwas hielt sie davon ab.
Sie wendete ihr Einhorn zum Berg und sah hinauf. Eine starke Anziehungskraft ging von dem Berg aus. Sie trabte heran und kurze Zeit später galoppierte sie mit ihrem Einhorn in die entgegengesetzte Richtung.
Sobald das Einhorn genug Schwung hatte, schwang es sich in die Luft. Sidra steuerte gezielt auf den Berg vor ihr.

Rohn hatte endlich Iran erreicht und versperrte ihm den Weg.

Iran musste eine Vollbremsung hinlegen. „Sag mal, spinnst du?“, schrie er Rohn an. Rohn funkelte ihn nur an.
„Musst du uns gegenüber immer die kalte Schulter zeigen?“, fragte Rohn dagegen. Iran machte den Mund auf, aber schloss ihn sofort wieder.
„Wie kann man nur ständig schlecht gelaunt sein?“, schrie Rohn ihn an.
Iran sah ihn unverwandt an, nichts regte sich in seinem Gesicht.
„Schau nur, was du angestellt hast“, schimpfte Rohn weiter.
„Jetzt rennt sie deinetwegen weg.“
Iran drehte sich um und tatsächlich, Sidra steuerte mit ihrem Einhorn Richtung Berg hinauf. „Was kann ich denn dafür?“, fragte Iran nun.
„Das fragst du auch noch?!“, zischte Rohn zwischen zusammengebissenen Zähnen hervor.
„Ach, komm, hör auf.“ Iran lenkte sein Einhorn an Rohn vorbei. Rohn ließ ihn vorbeiziehen. Er sah ihm hinterher. In ihm brodelte es, aber das Brodeln legte sich sofort wieder. *Du weißt nicht zufällig, was in seiner Vergangenheit vorgefallen ist?*, fragte Rohn sein Einhorn in Gedanken. Das Einhorn schüttelte nur den Kopf.
Er entschied sich, Sidra zu folgen.
Er gab die Galopp-Hilfe und sofort sprang das Einhorn nach vorne und hoch in die Luft.

Der Tag verging schnell. Mama und Papa kamen ziemlich gleichzeitig zuhause an. Ich hasse es immer, wenn ich alleine war und dann meine Eltern doch irgendwann wieder kamen. Schnell verzog ich mich in mein Zimmer.
Beim offenen Fenster blieb ich stehen und schaute hinauf zum Himmel.
So wie immer bin ich innerlich zerrissen.
In meinen Adern rauschte das Blut wild durch meinen Körper. Ich wünschte mir, ich könnte einfach durch den Wald laufen und hinauf auf den Berg, weg von all den Sorgen und dem Kummer. *Wofür bin ich auf der Welt?* Der Himmel antwortete mir nicht. Ich musste an Matthias, Tobias und Stefan denken.

In meinem Herzen tat es weh, wenn ich an die drei dachte. Ich ließ ab vom Fenster und beschäftigte mich damit, meine ganzen Schulbücher zu signieren und schon mal für morgen herzurichten.
Später ging ich „Gute Nacht“ sagen und legte mich ins Bett. Ich lauschte den Lokalnachrichten und schlief irgendwann ein.

8. Kapitel

Oben auf dem Berg angekommen ließ sich Sidra vom Rücken ihres Einhorns gleiten. Sie sah nur Wiese und ein Kreuz.
Warum hast du mich gerufen?
„Sidra!", schrie jemand von hinten.
Sie drehte sich um und sah Rohn mit seinem Einhorn daherfliegen. „Rohn!", rief Sidra ihm entgegen. Das Einhorn landete und galoppierte auf Sidra zu.
Es wurde langsamer, bis es vor ihr zum Stehen kommt. Sidras Einhorn graste genüsslich vor sich hin.
Und auch Rohns Einhorn begann zu grasen.
„So ein schönes Dorf", sagte Sidra.
Rohn stellte sich an ihre Seite: „Ja, da hast du Recht."
„Warum bist du auf einmal hier rauf geflogen?", fragte Rohn besorgt.
„Der Berg hat mich gerufen", sagte sie knapp.
Rohn schaute sie von der Seite herab an: „Der Berg hat dich gerufen? Das verstehe ich nicht."
Aber Sidra antwortete nicht mehr, sondern starrte weiter das Dorf unter ihnen an.

Erfülle deine Aufgabe. Lass mich zurück. Ich habe mein Schicksal besiegelt, jetzt besiegle deines.
Iran sah auf seine Handfläche, während sein Einhorn genüsslich vor sich hin ging.
„Bin ich wirklich so schrecklich?", fragte Iran sein Einhorn.
Das Einhorn schüttelte seinen Kopf.
Es wandte seinen Kopf zu ihm, sodass sie sich in die Augen sehen konnten.
Tiefe Zuneigung überkam Iran immer dann, wenn er in die Augen seines geliebten Einhornes sah. „Niemand ist gleich, vergiss das nie. Du kannst deinen Sturm in dir besiegen", sprach das Einhorn.
„Aber wie?", fragte Iran.

„Jeder reagiert anders auf seine Heilmittel. Mal ist es ein geliebter Mensch, mal ein Tier oder eine Pflanze.
Du musst herausfinden, was dich beruhigt."
Iran ballte seine Handfläche zu einer Faust.
„So viel Frust, Trauer und Wut ist schon in mir. Das bekomm ich nicht mehr raus aus mir", sagte Iran.

Das Einhorn blieb stehen und stampfte auf: „Es gibt für alles ein Heilmittel", Iran streichelte den Hals seines Einhorns: „Du bist der Beste."
Das Einhorn gab einen sanften Laut von sich.
In einem sanften Galopp ritten sie über die Wiese in den Sonnenuntergang.

„Wie machen wir jetzt weiter?", fragte Sidra.
Nachdem die Sonne untergegangen war haben sich die drei wieder an ihrer üblichen Stelle getroffen.
„Ich finde, wir sollten ihnen morgen allen nachgehen.
Wir bewachen sie die Nacht über und folgen ihnen morgen in die Schule", schlug Iran vor.
Rohn nickte mit dem Kopf: „Das ist eine gute Idee.
Ich übernehme das lilafarbige Haus. Iran, du kümmerst dich um das weiße Haus und, Sidra, du beschattest das Grundstück."
Die drei nickten sich zu. Iran schwang sich auf sein Einhorn und trabte Richtung Ortsanfang. Rohn und Sidra gingen zusammen, bis Rohn abbiegen musste.

9. Kapitel

Am nächsten Morgen machte ich mich auf den Weg zur Bushaltestelle. Gelangweilt träumte ich vor mich hin. Die Temperaturen waren gesunken, obwohl die Sonne noch schien.
Ich seufzte, bis ich ein Schnauben hinter mir hörte. Ich drehte mich um, aber da war nichts.
„Ich schlafe noch", sagte ich zu mir. Ich drehte mich wieder um und ging weiter.
Meine Augen waren schwer wie Blei.
Der Traum hatte mich letzte Nacht wieder heimgesucht und meine Kraft gekostet. Mein ganzer Körper schmerzte, meine Muskeln brannten, als wäre ich so schnell wie noch nie einen Marathon gelaufen. Meine Glieder waren schwer und verkrampft, als hätte mich eine große Last überkommen. Meine Haut brannte wie Feuer, als hätte sich Gina mit ihren Krallen und Zähnen an mir ausgetobt.

„Puh, das war knapp", flüsterte Rohn zu seinem Einhorn. *Hast du ihren leeren Blick gesehen?*, fragte das Einhorn Rohn.
Ja, das habe ich. Merkwürdig, sie geht auch ganz steif, entdeckte Rohn. *Da stimmt irgendwas nicht,* sagte das Einhorn. Es schlug unruhig mit seinem Schweif hin und her. „Komm, lassen wir sie nicht aus den Augen", sagte Rohn. Langsam und leise ging mir das Einhorn nach.

Unten, an einem grünen Haus, wartete Ines auf mich.
„Guten Morgen", schrie sie mir fröhlich entgegen.
„Guten Morgen", erwiderte ich. Ich konnte mein Gähnen nicht verbergen.
„Oh, da ist wohl jemand letzte Nacht spät schlafen gegangen", neckte sie mich.
Ich lächelte sie an: „Nein, hatte nur einen schlechten Traum."
„Was hast du denn geträumt?", hakte sie nach. Ich überlegte, was ich ihr sagen konnte. Die Wahrheit kam überhaupt nicht in Frage.

„Ich träumte davon, dass du mit Tobias verheiratet bist, und ihr zehn Kinder habt. Und du mich dazu verdonnerst hast, dass ich mich um die Erziehung kümmern muss“, log ich ihr vor.
Ich musste lachen. Auch Ines konnte sich das Lachen nicht verkneifen.
Aber auch wenn sie es verbergen wollte, konnte ich den Schmerz in ihrem Lachen hören. *Das hast du toll gemacht, Irina. Jetzt ist sie wegen dir wieder traurig,* sagte ich zu mir.
Nachdem sie sich beruhigt hatte ging sie schweigend neben mir her.
„Ines, ich wollte nicht …“, doch sie unterbrach mich.
„Schon gut. Das war ja nur ein Traum“, versicherte sie mir.

„Hast du das mitbekommen?“, fragte Rohn sein Einhorn.
„War ja kaum zu überhören“, sagte das Einhorn.
„Sie hat ihre Freundin angelogen. Da muss etwas im Busch sein“, dachte Rohn laut nach.
„Aber sie hat es aus einem bestimmten Grund getan. Ich glaube, sie wollte ihrer Freundin nichts von dem Traum erzählen“, analysierte sein Einhorn.
„Wir müssen herauskriegen wovon sie geträumt hat. Vielleicht ist dieser Traum von Bedeutung“, sagte Rohn.
„Wir fragen Iran. Der kann uns bestimmt weiterhelfen“, sagte das Einhorn.
Rohn trieb sein Einhorn weiter.

„Hast du nicht auch das Gefühl als würden wir beobachtet werden?“, fragte ich Ines. Sie sah mich besorgt an, aber schüttelte ihren Kopf.
Ich drehte mich langsam um, aber am Gehsteig war niemand außer Ines und mir, ich schüttelte den Kopf und ging ihr hinterher.

Das Einhorn hatte die Ohren gespitzt.
„Sie hatte das Gefühl beobachtet zu werden. Aber sie konnte uns gar nicht sehen“, hauchte es.

Rohn dachte nach: „Aber warum hat sie uns nicht gesehen?"
Das Einhorn schüttelte den Kopf.

Im Bus sah ich mich ständig um. Ein kalter Schauer lief mir über den Rücken. *Mich beobachtet doch jemand.* Und wieder drehte ich mich um und sah mich um, aber niemand hatte Blickkontakt zu mir.

Ich stieg aus und das Gefühl wurde stärker.

„Was ist denn mit dir los? Du bist so nervös", fiel Ines auf.

„Ich habe das Gefühl als würden wir beobachtet werden", sagte ich ihr.

Ines sah sich um, schüttelte dann aber den Kopf: „Ich sehe niemanden, der uns beobachten könnte."

Bilde ich mir das nur ein?, fragte ich mich.

Sidra, Rohn und Iran folgen dem Schulbus.

„Jetzt bin ich mal gespannt, wohin dieser Bus fährt", sagte Sidra.

„Rohn, was ist los mit dir? Du bist so schweigsam", bemerkte Iran.

„Vorhin hat uns Irina entdeckt." Sidra und Iran sahen ihn erstaunt an.

„Sie hatte zwar das starke Gefühl, dass sie verfolgt wird, aber als sie sich umdrehte sah sie nichts."

„Nichts? Euch hat sie nicht gesehen?", fragte Iran erstaunt.

„Nein, gar nichts. Als ob wir für sie gar nicht existieren würden", sagte Rohn.

„Müssen sie erst an uns glauben, um uns sehen zu können?", fragte Sidra die beiden Männer.

„Ich weiß es nicht", gestand Iran. Rohn zuckte nur mit den Schultern.

„Seht, jetzt steigen sie aus", rief Sidra und zeigte dabei auf die Schulkinder.

„Sie passen wirklich gut zusammen", sagte Iran.

„Obwohl sie noch nicht wissen, was ihnen bevor steht", fügte Rohn hinzu.

„Kommt, gehen wir uns das Dorf ein bisschen ansehen. Sie wird erst nach der dritten Stunde die Große Pause haben", sagte Sidra.

Sidra drückte ihre Schenkel wieder gegen ihr Einhorn. Es ging sofort los. Rohn und Iran neben ihnen.

10. Kapitel

An der Schule angekommen warteten wir auf Damla. Danach gingen wir zusammen rein und hinauf zu unseren Garderoben. Ich machte mich daran, meine Sachen für meine erste Stunde herzurichten, während hinter mir all die Mädchen kreischten. Jul kam gerade von der Garderobe, als er kurz bei mir stehen blieb. Ich sah ihn erwartungsvoll an.

„Guten Morgen", sagte er.

„Guten Morgen", grüßte ich ihn. Etwas verlegen ging er weiter zu seinem Platz.

Als ich mich umdrehte, redeten die Mädchen wieder miteinander, sie hatten mich und Jul die ganze Zeit beobachtet. Es war komisch, dass Jul plötzlich mit mir reden wollte. Schließlich hatte er sich letztes Jahr nie besonders für mich interessiert. Ich drehte mich um und da sah ich, wie Jul mich musterte. Lukas Marthe wechselte seinen Blick zwischen uns hin und her. Dann beugte er sich zu ihm hin und flüsterte ihm etwas zu. Jul schüttelte den Kopf und sah verlegen weg.

Ich widmete mich wieder meinen Sachen. Wenig später ertönte die Schulglocke und der Schulalltag begann wieder.

„Neue Mittelschule Inzing", las Sidra laut vor.

„Komischer Name. Klingt ziemlich hoch für eine gewöhnliche Schule", sagte Iran.

„Wenigstens wissen wir jetzt, wo sie zur Schule gehen", pflichtete Rohn bei.

„Was tun wir jetzt?", fragte Sidra.

„Am besten wir beobachten sie ein bisschen", schlug Rohn vor.

„Gut", sagte Iran und schwang sich von seinem Einhorn hinunter. Rohn und Sidra machten es ihm nach. Zusammen gingen sie in die Eingangshalle und sahen sich um. „Es sollte bald wieder zur Pause läuten", sagte Sidra. „Wow, die Schule ist aber groß", staunte Rohn.

Iran war unbeeindruckt und ging schnurstracks die Stiegen rauf.

Rohn und Sidra gingen ihm hinterher. Eine Lehrerin ging an ihnen vorbei, ohne sie zu grüßen.
„Als würden wir nicht existieren", sagte Sidra.
„Als wären wir Geister", fügte Rohn hinzu.
„Sie müssten jetzt Pause haben." Als Sidra das sagte, klingelt die Schulglocke. Die Schüler stürmten aus den Klassenzimmern, um einen Sitzplatz zu ergattern.
„Bin ich froh, nicht mehr in der Schule sein zu müssen", sagte Rohn.
„Und ich erst. Das war meine schlimmste Zeit in der Schule", sagte Iran.
„Seht, da sind sie", Sidra zeigte auf drei Buben und mich. Direkt hinter mir ging Jul aus dem Klassenzimmer.
Sidra stockte der Atem, ebenso Rohn und Iran.
„Ihr könnt es auch spüren, oder?", fragte Sidra ohne den Blick abzuwenden.
Rohn und Iran nickten mit den Köpfen. „Noch ein Auserwählter", flüsterte Sidra.

Ich stand mit dem Rücken zu dem Gefühl, das ich nun wieder spürte. *Noch ein Auserwählter,* hörte ich.
Ich drehte mich um. Aber ich konnte nicht erkennen, woher die Stimme kam. Sie war so deutlich zu hören, als hätte mich jemand direkt angesprochen.
Aber Damla, Steffi, Valentina und Ines redeten weiter, also beschloss ich ihnen wieder zuzuhören.

„Habt ihr das gesehen? Sie hat sich schon wieder umgedreht, aber uns nicht gesehen", sagte Rohn aufgeregt.
Sidra überlegte. „Könnte es sein, dass sie uns deswegen nicht sieht, weil sie nicht an uns glaubt?", fragte _Sidra laut. _Iran und Rohn sahen _sie gespannt an.
„Sowas hab ich mal in einem Tagebuch in der Bücherei gelesen", pflichtet Iran bei.
„Das könnte schon sein, aber wie bringen wir sie dazu an uns zu glauben?", fragte Sidra.

„Ich wüsste eine Möglichkeit", sagte Rohn und sah Iran dabei an.
Auch Sidra heftete ihre Augen an Iran.
Iran huschte mit seinen Augen hin und her: „Oh nein, das könnt ihr vergessen!"
„Komm schon, du hast diese Gabe nicht umsonst bekommen", bettelte Sidra.
„Nein. Ich habe geschworen meine Gabe nie wieder einzusetzen", sagte Iran trotzig.
„Dann ist die Welt verloren", sagte Rohn traurig.
Sidra und Rohn senkten ihre Augen auf den Boden.
Iran seufzte und sah auch auf den Boden. *Ohne dich ist die Welt verloren. Mit deinen Fähigkeiten kannst du Ruhe sowie Sturm bringen.* Die Worte hallten wieder in seinem Kopf. *Woher soll ich wissen, dass ich das Richtige tue?*, fragte er sich nicht zum ersten Mal.
„Ich kann ja mal schauen, was sie träumt", gab Iran nach.
Sidra und Rohn sahen ihn hoffnungsvoll an.
„Du bist der Beste!", Sidra umarmte ihn.

Völlig geschafft kam ich heim. Zuhause angekommen schmiss ich meinen Rucksack in die nächstgelegene Ecke.
Mama hatte am Vormittag gekocht. Ich wärmte es mir und ging in das Wohnzimmer.

Ich rannte um mein Leben, immer ein Ohr nach hinten gedreht. Ein Pferd schrie. Ich blieb stehen und sah zurück. Sie haben sich über meine Herde hergemacht. Sie nehmen sich jeden Einzelnen. Jedes einzelne Pferd meiner Herde wehrte sich so gut es konnte. Aber die Wölfe waren schlauer und vergriffen sich an dem Hals jeden Pferdes. Nun bin nur mehr ich übrig. Sie haben mich umzingelt: „Was soll ich nur tun?", wieherte ich empor. Auf einem Fleck konnte ich etwas erkennen. Da stand plötzlich ein Mann, mitten im Getümmel der Wölfe, die mich fixierten und sabberten. Die ersten Wölfe kamen herbei gerannt. Ich wehrte mich und stieß um mich. Doch sie waren zu viele.

Meine Kraft entglitt mir und ich rang nach Atem. Ein Wolf verbiss sich an meinem Hals.
Ein anderer Wolf bearbeitete meine Flanke, sie rissen mich zu Boden. „Kämpfe", hörte ich weit fern von mir. Ich verlor den Blickkontakt zu dem Mann, wenig später verschwand er hinter dem Berg von Wölfen. Ich spürte, wie mein Blut aus dem Hals rann und ich keine Luft mehr bekam, bis mein Herz stehen blieb.

Völlig durchnässt wachte ich auf. Mein Bett war schweißnass. Ich atmete schwer und griff nach meinem Hals. Ich konnte kein Blut fühlen. Ich schaltete meine kleine Lampe ein, aber sah nichts auf meiner Handfläche. *Das war bis jetzt der schlimmste Traum. Was hat das zu bedeuten?*
Mein Gefühl sagte mir, dass diese ganzen Träume mir etwas sagen wollten, aber was?
Und was hat dieser Mann auf einmal in meinem Traum zu suchen? Will er mir helfen? Oder hab ich ihn mir eingebildet? *Kämpfe,* konnte ich wieder hören. Meine Weckeruhr zeigte mir, dass es drei Uhr Früh war. Somit legte ich mich wieder hin und versuchte einzuschlafen.

Iran saß dem Kreuz hoch am Berg gegenüber.
Im Schneidersitz, die Augen geschlossen und die Hände gefaltet, als würde er beten. Seine Atemzüge waren sehr ruhig, als wäre er in einer anderen Welt. Sidra und Rohn sahen ihm gespannt zu. Kein Muskel regte sich bei ihm.
Plötzlich schnappte Iran nach Luft, als wäre er kurz vor dem Ertrinken. Rohn und Sidra stürzten zu ihm.
„Iran, was ist passiert?", fragte Sidra besorgt.
„Sein Herz schlägt wie bei einem Marathon-Lauf", sagte Rohn besorgt.
Seine Miene war böse: „Wir hätten das nicht von ihm verlangen sollen. Er hat uns davor gewarnt." Iran rang nach Luft und fasste sich an seinen Hals.
„Iran, beuge dich nach vorne und versuche so zu atmen wie ich", befahl Sidra ihm. Er tat wie ihm befohlen.

Langsam bekam er wieder Luft.
„Danke“, krächzte er.
Rohn setzte sich neben ihn:„ Also, was ist passiert? Hat es geklappt?“
Sidra ließ sich an seiner anderen Seite nieder.
„Es war schrecklich. Ihr wisst gar nicht, was sie geträumt hat“, sagte Iran.
„Sie war ein Pferd. Ein schwarzes Pferd und sie war die Leitstute ihrer Herde. Hinter ihnen war ein Heer von Wölfen her, die jeden Einzelnen niederrissen, bis die Pferde verbluteten. Was für ein Blutbad“, Iran schüttelte den Kopf und schluckte seinen schweren Kloß hinunter. „Die Wölfe umzingelten sie und griffen sie abwechselnd an.
Ihr ging sehr schnell die Kraft aus, weil sie schon vor ihnen geflohen ist. Ich schrie, dass sie kämpfen muss, aber da hat sich schon ein Wolf an ihrer Kehle verbissen und die anderen bearbeiteten ihre Beine. Ich konnte diesen stechenden Schmerz spüren und das Blut, als es hinunter rann. Ich konnte ihre Gefühle spüren, und als ihr Herz stehen blieb.“ Sidra und Rohn sahen ihn erschrocken an.
Sidra war die Erste, die ihre Stimme wieder fand: „Was für ein schlimmer Traum.“
„Ihr wisst, was das heißt! Das heißt, dass die Feinde vor nichts zurückschrecken. Und, dass sie die Richtige ist.“
„Jetzt müssen wir sie nur noch dazu bringen, an uns zu glauben. Dann ist die Welt gerettet“, mischte Sidra sich ein.
„Es wird Zeit, ihnen einen Besuch abzustatten“, sagte Iran.
Am Horizont ging langsam die Morgensonne auf.
„Wir müssen ihre Schutzengel sein, bis unsere Aufgabe erfüllt ist“, sagte Rohn.
Sein Gesicht der Sonne zugewandt.

11. Kapitel

Pünktlich um halb sieben hockten Matthias und Tobias am Frühstückstisch.
Ihre Mama, Silvia, ihnen gegenüber. Christoph, deren älterer Bruder, kam gerade in die Küche und holte sich sein Mittagessen.
„Willst du denn gar nichts frühstücken?", fragte Silvia ihren Sohn.
„Nein, danke, Mama. Ich muss zur Arbeit. Bis später", er gab seiner Mama einen Kuss auf die Wange.
„Machs gut, -mein Junge. Viel Spaß in der -Arbeit."
Und schon hörte man die Haustüre und wenig später seinen wegfahrenden Wagen.

Kurz vor sieben Uhr gingen –Matthias und Tobias hinaus ins Freie. Ihre Schultaschen auf den Rücken. Schweigend gingen sie neben einander her. Jeder in seiner eigenen Welt. Tobias dachte über seinen Traum nach, wie er als Hengst seiner Leitstute gefolgt ist und zusehen hat müssen wie sie von Wölfen abgeschlachtet wurde. Seine Zuneigung für diese Leitstute war so groß, dass er es nicht in Worte fassen konnte. Er bemerkte nicht, dass er auf die Straße geraten war.
Ein Auto kam ihnen entgegen und hupte.
„Tobias!", schrie Matthias. Aber Tobias reagierte nicht.
In letzter Sekunde konnte Matthias Tobias am Arm packen und ihn in Sicherheit ziehen. Tobias stolperte in Matthias' Arme.
Sein Bruder sah in böse an.
„Sag mal, wolltest du dich umbringen?"
Das Auto fuhr weiter. Verdutzt sah Tobias zu Matthias und dem vorbeifahrenden Auto. Warum hatte er es nicht gehört?
Warum ist er überhaupt auf die Straße gegangen?
Matthias schloss ihn in seine Arme: „Ich hätte dich um ein Haar verloren."
Nun begriff Tobias, was geschehen war. Er umklammerte Matthias ganz fest: „Keine Angst, ich werde dich nicht so schnell verlassen."

Matthias drückte sich von ihm weg, um ihm in die Augen zu sehen. Die Augen der beiden waren glasig. Sie gingen weiter zum Bus. Nun war Tobias wieder da und konzentrierte sich auf den Verkehr. An der Bushaltestelle trafen sie sich mit Stefan, deren Cousin. Matthias und Stefan redeten über dies und das.
Tobias hörte kaum zu, denn seine Gedanken wanderten zu seinem Traum.
„Stimmt's Tobias?", fragte Matthias urplötzlich.
Tobias riss es in die Gegenwart zurück.
„Entschuldige, was hast du gesagt?", fragte er nach.
„Wir haben uns gestern einen tollen Film angesehen, über Auserwählte, die dazu bestimmt sind, die Welt zu retten", schwärmte Matthias weiter.
„Der Film klingt gut. Den muss ich mir mal anschauen", sagte Stefan.
Matthias beobachtete Tobias, wie er durch die Menschen hindurch sah.
„Was ist mit ihm?", fragte Stefan.
„Der Film ging ziemlich lange, wir sind beide noch müde", sagte Matthias.
Er stupste Tobias unsanft mit dem Ellbogen an.
Tobias sah beide an, nichts wissend. Der Bus fuhr gerade in die Haltestelle. Stefan ging vor.
„Ich weiß zwar nicht, was los ist, aber konzentrier dich jetzt."
Tobias nickte nur und stieg hinter Matthias in den Bus ein. Ganz hinten an einem Vierer-Platz saß Stefan. Matthias hockte sich Stefan gegenüber und Tobias neben Stefan. Tobias starrte aus dem Fenster. Als der Bus so dahinfuhr, konnte er Hufgetrappel hören und schrilles Wiehern.
Neben dem Bus konnte er die Silhouette eines Pferdes erkennen, und die Wölfe hinter dem Pferd.
Die Wölfe liefen dicht hinter den Hinterbeinen des Pferdes. Tobias konnte erkennen, dass dem Pferd die Kraft und die Ausdauer ausgingen. *Nein, lauf weiter,* sagte er zu dem Pferd in Gedanken. Das Pferd sah ihn mit einem Auge an. *Aber ich kann nicht mehr,* konnte er hören. Ein Wolf packte ein Hinterbein und riss es nach hinten.

Das Pferd verlor das Gleichgewicht und stürzte zu Boden, sein lautes Wiehern hallte in Tobias' Ohren.
Die Wölfe machten sich über das Pferd her. Er konnte sehen, wie sie dem Pferd die Brust aufbissen und das Fleisch fraßen.
Tobias riss seinen Blick von dem Pferd und starrte auf seine Hände. Sie zitterten und Luft bekam er auch sehr schwer. Schnell versteckte er seine zitternden Hände und tat als hätte er bei Matthias' und Stefans Gespräch zugehört.
Endlich hielt der Bus an der Haltestelle an, an der sie aussteigen mussten. Schnell stand er auf und drängelte sich vor zur Tür. Dann blieb er stehen und sah in zwei braune Augen. Und daneben in zwei grau-grüne Augen, in die er sich mal verliebt hatte. Sein Blick wanderte wieder zu den braunen Augen, die ihn voller Gefühl ansahen.
Stefan räusperte sich: „Kannst du mal bitte weitergehen?"
Tobias riss den Blick weg und ging schweigend hinaus.
Matthias und Stefan redeten über die Schule.
Aber Tobias konnte sich nicht wirklich auf ihr Gespräch konzentrieren. Er hatte ständig das Gefühl beobachtet zu werden, aber immer wenn er sich zurück drehte, sah er niemanden. Aber er konnte es genau spüren, als ob sich der Blick in ihn hineinbohrte.
„Habt ihr nicht auch das Gefühl beobachtet zu werden?", unterbrach Tobias die beiden.
Matthias wurde stumm und sah Tobias unwissend an. Stefan schüttelte den Kopf: „Nein, ich eigentlich nicht." Matthias schüttelte den Kopf.
„Tobias, geht es dir gut? Du siehst irgendwie blass aus", stellte Matthias fest.
„Mir geht's gut", wehrte Tobias ärgerlich ab. Auch Stefan sah ihn besorgt an, aber Tobias ging schon wieder weiter. Stefan und Matthias tauschten fragende Blicke aus.
Tobias drehte sich noch einmal um und da sah er, dass ich ihn beobachtete.
Schnell drehte er sich wieder um, als hätte er nichts getan.
Im Seitenblick konnte er das Pferd vorbeirennen sehen und wie die Wölfe das Pferd verfolgten. Und die Szene mit dem Tod des Pferdes zerriss ihm irgendwie das Herz.

Seine Hände fingen wieder an zu zittern und sein Atem ging schnell und flach, er bekam kaum Luft. Matthias und Stefan waren so in ihr Gespräch vertieft, dass sie nicht hörten, wie Tobias ständig nach Luft schnappte.
Ab und zu konnte er den Kiefer eines Wolfes neben seinem Ohr zuschnappen hören und das tiefe Grollen aus dessen Kehle.
„Hey, wollen wir nicht über etwas anderes reden?“, unterbrach Tobias die beiden. Matthias sah ihn genervt an. Stefan zuckte mit den Schultern, aber sagte nichts.
Matthias packte Tobias am Arm und flüsterte ihm zu: „Sag mal, was ist denn mit dir los? Du wirkst heute so nervös.“
Tobias sah ihn an: „Mir geht's gut!“ Damit riss er sich los und ging schnellen Schrittes vor. *Warum verschweigst du mir etwas? Wir hatten ja sonst auch nie Geheimnisse vor einander,* Matthias sah ihm traurig hinterher.
Stefan legte seine Hand auf Matthias' Schulter und zeigte ihm an, dass sie weitergehen sollten.

Auch ich hatte Tobias' Reaktion beobachtet und machte mir Sorgen um ihn. Er hat mich im Bus hilfesuchend angesehen, ich konnte es genau sehen. Außerdem drehte er sich ständig um, als fühlte er sich verfolgt.
Er und Matthias waren doch sonst immer ganz dicke, aber irgendwas stimmte nicht mit Tobias.
Als ich weiter nach vorne sah, konnte ich den Umriss eines Pferdes erkennen. Erschrocken riss ich die Augen auf. Es sah so lebendig aus, aber all die anderen Kinder gingen, ohne es zu beachten, einfach daran vorbei.
Abrupt blieb Tobias stehen und starrte auf die Stelle hin, auf die auch ich hinstarrte.
Stefan stupste Matthias mit dem Ellbogen an und deutete mit dem Kopf auf Tobias, der vor ihnen stehen geblieben war. Matthias sah zu Stefan und dann zu Tobias.
Vor sich konnte Tobias den Umriss eines verletzten Pferdes sehen. Seine Brust hing zum Halben heraus, die Flanke war mit Kratzern übersäht. Und selbst an der Schulter fehlte die Haut, sowie etwas vom Fleisch.

Das ist doch das Pferd, das neben dem Bus gelaufen ist. Aber wie konnte es wieder aufstehen und weiter gehen?, fragte Tobias sich.
Das Pferd sah sie an. Es beobachtete sie ganz genau, an den Augen konnte man erkennen, dass es genug gekämpft hat, aufgegeben hat.

Matthias und Stefan stellten sich neben Tobias.
„Könnt ihr es etwa auch sehen?", fragte Tobias vorsichtig.
Matthias und Stefan nickten stumm mit ihren Köpfen. Ihre Münder standen offen.
„Dass es überhaupt noch stehen kann", hauchte Stefan kaum hörbar.
Da wackelten die Vorderbeine des Pferdes, nur mit Mühe konnte es stehen bleiben. Es senkte den Kopf, und sah die drei Burschen mit traurigem Blick an.
„Was will es von uns?", fragte Matthias.

Ines und Valentina gingen weiter und ich blieb genau neben Tobias stehen.
Entsetzt von dem, was ich da vor mir sah. Genau das Pferd, das ich in meinen Träumen sehen konnte bzw. auch war. Niemand bekam mit, dass wir stehengeblieben waren. Es war, als wäre die Zeit stehengeblieben.
„Bitte helft mir", flehte das Pferd uns an.
„Sollen wir einen Tierarzt rufen?", fragte Stefan. Das Pferd drehte den Kopf etwas zu ihm: „Für den Tierarzt ist es schon zu spät." In seinen Augen lag Weisheit.
„Was willst du dann von uns?", fragte Matthias.
„Sucht die, die euch suchen. Öffnet eure Herzen für sie und lasst sie eintreten." Dann verschwand das Pferd.
„Warte. Wen meinst du?", fragte ich. Aber es war schon zu spät. Zurück blieben nur wir vier. Stefan, Matthias und Tobias drehten ihre Köpfe und sahen mich an. Ich drehte den Kopf zu ihnen. Schnell drehte ich ihn wieder weg und ging weiter, betreten und traurig.
Die drei starrten mich an und dann wieder ihre Umwelt.

„Jungs, haben wir das nur geträumt?“, fragte Stefan ungläubig. „Nein. Da stand tatsächlich ein Pferd“, sagte Matthias und zeigte auf die Stelle. „Seht. Da sind seine Hufabdrücke noch.“
Aber warum nur Irina? Was hat das zu bedeuten?, fragte sich Tobias in Gedanken. Sein Kopf begann zu schmerzen, weil er zu wenig geschlafen hatte. Er fühlte sich, als hätte der Traum ihn ausgelaugt.

Ines und Valentina warteten nicht auf mich, was nicht verwunderlich war.
Etwas enttäuscht bin ich schon von Ines, aber was soll ich schon dagegen tun. Als ich an der Schule ankam, war sie schon offen und meine Freundinnen waren nirgends zu sehen.
Etwas traurig darüber senkte ich den Blick auf den Boden.
Ich sah mir die Tafel der NMS-Inzing an und ein bedrückendes Gefühl breitete sich in mir aus. Was ich nicht mitbekam war, dass Stefan, Tobias und Matthias direkt hinter mir waren und alles sahen.
Ein bisschen leid tut sie mir schon, dachte Matthias.
Ich seufzte und ging hinein. Und wieder fühlte ich mich gefangen in der Schule, keine Freiheiten.

„Habt ihr das gesehen? Alle vier sind an der gleichen Stelle stehengeblieben und haben zur gleichen Stelle hingestarrt“, sagte Rohn.
„Kommt, wir gehen uns das ansehen“, und schon startete Sidra daraufhin.
Rohn und Iran gingen ihr hinterher. Sidra blieb augenblicklich stehen. Rohn war so in Gedanken versunken, dass er gegen Sidras Rücken prallte.
„Was soll das? Warum bleibst du stehen?“, wütend rieb er sich die Stirn, bis er erkannte, warum sie stehengeblieben war.
Am Boden waren frische Hufabdrücke zu sehen, mit Bluttropfen daneben.
„Was zum Teufel …?“, konnte Rohn nur sagen.

Iran ging auf die Hufabdrücke zu, in die Knie und legte seine Handfläche darauf. Nur er konnte eine Verbindung zu der Geisterwelt herstellen und nur er durfte eintreten, jeden, der unerwünscht war, durften die Geister verbannen oder gar verfluchen. Er schloss die Augen und konzentrierte sich.
Sidra und Rohn verhielten sich ruhig, während sie Iran beobachteten.
Er zog die Hand weg und öffnete seine Augen. Er stand auf und hatte einen nachdenklichen Ausdruck im Gesicht.
„Und, was hast du gesehen?“, fragte Sidra ihn aufgeregt.
„Dieses Pferd habe ich letzte Nacht in Irinas Traum gesehen. Es wurde von den Wölfen umringt und eigentlich zerfleischt.“
„Was macht es dann hier?“, stellte Rohn ihm die Frage.
„Geister überbringen meistens eine Botschaft vom Herrn. Oder bitten die Menschen um Hilfe. Es ist erstaunlich, dass der Geist sich am Tage gezeigt hat und ihn sonst niemand sehen konnte.“
„Stimmt. Geister lassen sich eher nachts blicken oder in Träumen“, stimmte Rohn zu.
„Vielleicht finden wir heute Nacht mehr heraus. Dieser Geist wandelt bestimmt in den Träumen der vier“, sagte Sidra.
„Warum konnten wir den Geist nicht sehen?“, fragte Rohn Iran.
„Nicht jeder darf Geister sehen. Geister können variieren, wer sie sehen darf und wer nicht. Dieser Geist wollte nicht, dass wir ihn sehen, aber vielleicht haben wir heute Nacht Glück und der Geist zeigt sich uns.“

Die Hälfte der letzten Stunde hatten wir erreicht. Ich konnte es kaum erwarten wieder zuhause zu sein. Ich hatte die ganze Stunde auf die Uhr gestarrt und über die Erscheinung nachgedacht. Nichts konnte mich davon überzeugen, im Unterricht aufzupassen. Ich bekam das Pferd nicht mehr aus dem Kopf. *Ich sah doch wie es gestürzt ist und das Herz aufgehört hat zu schlagen. Was will es von mir? Und warum konnten die Zwillinge und Stefan es auch sehen? Sucht die, die euch suchen. Öffnet eure Herzen für sie und lasst sie eintreten,* ich konnte seine Stimme nicht mehr vergessen. Es war so warmherzig gewesen und strahlte diese reine Ruhe und

Weisheit aus, zu der ich mich hingezogen fühlte. Seine Augen hatten vorher einen dumpfen Schlag gehabt, aber als sie mich erblickten glänzten sie allwissend.

Endlich läutete es. Die Schule war beendet. Ich hatte meine Sachen schon zusammengepackt und rannte in die Umkleide. Schnell zog ich mich an und ging schon die Treppen hinunter. Mit Ines und Valentina habe ich nichts ausgemacht. *Vorne beim Bus treffen wir uns eh.*
Alleine und in Gedanken ging ich vor mich hin. Weiter hinten konnte ich Stefans Anwesenheit und seinen Blick auf mir ruhen spüren. Er ging mit Matthias, Tobias und Valentina Vogl zusammen.
Ich drehte mich kurz um und sah in seine schönen braunen Augen. Schnell drehte ich mich wieder nach vorne und ging schneller von ihm weg. *Er will nichts von mir.*
Ich musste öfters blinzeln, um die Tränen zu verbergen.

Vorne beim Bus traf ich auf Ines und Valentina.
„Hallo", sagte ich zu den beiden.
„Hi. Wo warst du heute Früh? Du warst auf einmal nicht mehr neben mir?", fragte Ines mich. Ich wusste nicht, was ich sagen sollte, ich konnte ihr unmöglich sagen, dass ich ein Pferd gesehen habe, das schon sehr lange tot war.
„Ich habe mir meine Schnürsenkel binden müssen", sagte ich als Ausrede.
Sie nickte nur und wand sich wieder Valentina zu, mit der sie redete.
Hinter mir tauchte plötzlich Stefans Gruppe auf. Sie streiften mich. Mir stockte der Atem, bei den dreien, die mich streiften, fühlte ich etwas ungehörig Starkes pulsieren. Ganz vorsichtig sah ich noch einmal zu ihnen, aber ich konnte nichts Ungewöhnliches erkennen. *Was ist nur mit mir los?* Ich sah auf meine Handfläche und drückte sie zu.

„Habt ihr gesehen wie sie zu den drei Jungs geschaut hat? Sie hat etwas gespürt", sagte Rohn zuversichtlich.
„Wir haben nicht mehr so viel Zeit. Mit jedem Tag, der verstreicht, werden die Feinde stärker, ich spüre das", sagte Sidra.
„Aber mit jedem Tag, der verstreicht, werden die Auserwählten stärker", erinnerte Rohn Sidra.
„Ich werde heute den Geist fragen, was er von ihnen will", beschloss Iran.
„Ist das auch eine gute Idee? Du verlierst dabei fast deine gesamte Energie, du hast sie schon gestern eingesetzt", zweifelte Rohn.
„Ich muss, wenn ich es nicht tue, wird die Welt untergehen", sagte Iran. *Sie haben Recht. Ich muss meine Gabe einsetzen, selbst wenn es mein Leben kosten sollte.* Die anderen beiden sahen ihn nur an und blickten sich dann gegenseitig an.

Der Bus fuhr gerade an, als sich die Schüler auch schon zusammendrängelten.
Erst jetzt bemerkte ich, dass Jul mich die ganze Zeit beobachtete. Sein Blick hatte etwas, was ich nicht richtig deuten konnte.
Ich wandte meinen Kopf wieder weg und folgte Ines in den Bus hinein.
Sie konnte sich einen Vierer ergattern, auf dem es sich Valentina und ich gemütlich machten. Schweigend starrte ich hinaus, die ganze Busfahrt, und dachte an den heutigen Tag. *Irgendetwas wird geschehen. Ich weiß nur nicht was.*
Ab und zu beteiligte ich mich an den Gesprächen meiner beiden Freundinnen. Aber meine Gedanken wanderten ständig zu heute Früh, die Begegnung mit dem Pferd und mit den Zwillingen und Stefan. Die drei sind mir schon seit der Volksschule ans Herz gewachsen. Ich denke jeden Tag an sie und wünsche mir nichts sehnlicher, als dass sie sich mit mir beschäftigen und unterhalten würden.

Am Pollinger Dorfplatz stieg Valentina aus.
„Was ist heute los mit dir? Du bist so abwesend", fragte Ines mich, als Valentina weg war.

„Nichts. Warum?“, lächelte ich sie an.
„Nun ja, du starrst die ganze Zeit aus dem Fenster und reagierst auf nichts wirklich“, sagte Ines.
„Ich dachte nur gerade daran, wie schön die Sommerferien waren. Ich wünschte mir, wir hätten noch welche“, schwärmte ich.
„Asoo. Ja, ich wünschte mir das auch“, sagte Ines.
Ich kann mit ihr über meine Gefühle nicht reden. Ich kann mit niemandem darüber reden. Endlich stiegen wir aus dem Bus und gingen unseren Weg nach Hause. Vorne an der Kreuzung teilten sich unsere Wege.

Nachdem wir uns verabschiedet hatten ging ich schweigend vor mich hin.
Was ist nur los? Ich fühle mich schwach und müde, als hätte ich tagelang nicht geschlafen. Der Traum mit dem Pferd machte mir und meinem Körper zu schaffen. In der Früh schmerzte mein Körper, als wäre ich die ganze Nacht durchgelaufen, und meine Augen konnte ich fast nicht offen halten. Zum Glück war ich alleine zuhause, dann konnte ich mich etwas hinlegen.
Ich drehte den Schlüssel im Türschloss und sperrte auf.
Ich streifte meine Schuhe von den Füßen ab, meine Jacke hing ich auf und meine Schultasche ließ ich auf den Boden fallen. Mit schlappen Füßen schleppte ich mich zur Couch. Ich checkte meine Nachrichten, dann stellte ich mir den Wecker ein und kurze Zeit darauf war ich im Tiefschlaf.

Ich erinnerte mich an den Tag, an dem Tobias vor mir und Ines stand. Ich konnte einen Schmerz in seinen Augen erkennen, als er in ihre Augen sah. Ich konnte mich an die erste Busfahrt nach den Sommerferien erinnern, an dem er Ines beobachtete und seine Augen traurig wirkten. *Kann es sein, dass er sie noch liebt?*, dachte ich wieder. Und auch Ines sah traurig aus, wenn sie ihn erblickte. Sie liebt ihn noch!, sagte ich laut zu mir.
Plötzlich stand Stefan direkt vor mir und sah durch mich hindurch.
Ich streckte meinen Arm aus, in mir drinnen breitete sich eine Leere aus, die ich schon so oft spürte, wenn ich in seine Augen

schaute. Dann stand plötzlich Matthias vor mir, wie er mich mitfühlend ansah und in den Arm nahm.
Ich konnte meinen Augen nicht trauen. Er sah mir tief in die Augen und sagte: „Gib niemals auf. Zeig ihm, wer du wirklich bist, sei stark und kampfbereit. Die Welt braucht dich jetzt."
Ich machte meine Augen auf, eine dunkle Gestalt stand neben mir und hatte ihre Hand auf meiner Stirn: „Wer bist du?", fragte ich erschrocken.
Er zog die Hand weg, und plötzlich rüttelte es mich im Schlaf.

Augenblicklich war ich wach. Etwas verschwitzt sah ich mich um: „Hallo?", schrie ich durch das Haus. Aber niemand antwortete mir.
Ich setzte mich auf und fasste an meine Stirn, sie war warm, als hätte gerade jemand darauf gegriffen. Ich stand auf und ging in den Garten. „Was ist nur los mit mir?", fragte ich mich laut. Ich schnaufte dreimal tief durch, bevor ich wieder ins Haus ging.

„Keine Sorge, dir wird bald alles erklärt."

12. Kapitel

Bei Stefan zuhause, der es sich vor dem Fernseher gemütlich gemacht hat. Seine Mama war arbeiten, sein Vater am Feld draußen und sein kleiner Bruder bei Freunden.
Plötzlich konnte er dieses Pferd wieder sehen.
Erschrocken stand er auf: „Was willst du von mir?"
„So viel Kampfgeschick und Mut", sagte das Pferd voller Stolz.
Er sah auf dessen Brust, die Fleischwunde war verschwunden.
„Du warst doch heute in der Früh noch verwundet", sagte Stefan.
„Meine Wunden heilen schnell."
Mit erhobenem Kopf sah es ihn an.
„Du bist vielversprechend", stellte das Pferd fest.
„Was meinst du damit?", fragte Stefan nach.
Das Pferd schwang den Kopf und sah sich um.
Das Pferd schnaubte und sah ihn hämisch an: „Wenn du doch nur wüsstest."
„Was willst du?", fragte Stefan noch einmal drohend.
Das Pferd ging auf ihn zu: „Fass meine Stirn an!"
Ohne zu zögern tat Stefan was ihm gesagt wurde. Das Pferd und er machten die Augen zu.
Plötzlich hockte Stefan auf seinem Rücken. Es lief einer Herde hinterher. Es waren zwei schwarze Pferde, auch ein weißes, ein fuchsfarbenes und ein braunes waren zu sehen.
„Was mache ich hier?", fragte er es.
Das Pferd drehte ihren Kopf, damit es in seine Augen sehen konnte.
„Siehst du die Leitstute da vorne?", fragte es.
Er nickte. „Finde sie und beschütze sie vor den kommenden Gefahren. Ihr seid für einander bestimmt. Ohne sie kannst du nicht sein, und ohne dich kann sie nicht sein." Dann packte ein Wolf das Pferd, auf dem Stefan saß. Sie stürzten, er schrie auf, aber befand sich wieder auf der Couch liegend.
„Was war das?"
Finde sie, sie braucht dich jetzt!, konnte er hören.

Aber wie?, fragte er nach.
Vertraue dir und deinen Gefühlen, du wirst es schaffen. Die Welt zählt auf dich, antwortete die Stimme.
Er ging raus um frische Luft zu schnappen und blickte dabei auf den Hügel, der vor seinem Grundstück war. Er steuerte direkt darauf zu. Oben blieb er stehen und blickte auf sein Grundstück hinunter.
Unten auf der Straße konnte er die Silhouette verschiedener Pferde erkennen. Ein leichter Wind blies im entgegen.
Die Pferde stiegen und wieherten triumphierend, *König Aswan!*
Eine wunderschöne schwarze Stute kam zu ihm rauf geklettert und stellte sich vor ihn. Ihre Augen sahen ihn liebevoll an.
Mein König.
Er streckte die Hand aus und berührte ihre Stirn. Ihr Fell war ganz weich, ein warmes Gefühl von Zuneigung erfüllte sein Herz, als er sie berührte. *Was ist das für ein Gefühl?* Die Stute drehte sich um und blickte hinab. Ihr Kopf war hoch erhoben, ihre Mähne flatterte in dem leichten Wind.
Die Pferde unten senkten ihre Köpfe und schnaubten. *Königin.*
Wie von selbst ging Stefan auf die Knie und flüsterte: „Meine Königin."
Als er wieder aufsah wurden die Silhouetten schwächer, bis sie nicht mehr zu sehen waren.
Er stand wieder auf und ging zurück in sein Haus. Bei genauerem Überlegen schoss ihm etwas in den Sinn. *Diese Augen, ich kenne sie. Ich habe in diese Augen schon einmal gesehen.* Aber so sehr er sich anstrengte, es wollte ihm nicht einfallen woher er diese Augen kannte.

Matthias konnte seinen Augen nicht trauen. Er sah sich selbst Irina umarmen. *Warum tue ich das?* Er fasste an die Stelle, an der sein Herz war. *Sie hat etwas an sich, was man mögen muss. So eine warmherzige Person.*
Er schloss die Augen und atmete tief durch. *Warum mögen wir sie nicht?*

Plötzlich stand er wieder vor der Schule, wo er heute Morgen schon gestanden hatte. Er sah mich von hinten, ich starrte auf die Aufschrift der Schule und sah traurig empor. Dann hörte man mich seufzen und sah mich in Bewegung setzen. *Was ist das für ein Gefühl? Ein Gefühl als würden Ketten mich fesseln.* Er sah mich durch etwas hindurch gehen. Matthias erschrak. *Das Pferd von heute Morgen!*
Das Pferd sah ihn an und ging auf ihn zu.
Matthias konnte sich nicht rühren, er war so gebannt auf dieses Pferd. „Du hast eine so wundervolle Seele", staunte Matthias. Das Pferd blieb stehen und spitzte die Ohren: „Du hast auch eine wundervolle Seele. Und sie ganz besonders."
Matthias' Herz wurde wieder etwas kälter. Das Pferd legte den Kopf schief: „Egal was vorgefallen ist. Gebt ihr eine Chance sich zu zeigen.
Ihr wisst gar nicht, was ihr auf dem Herzen liegt." Die Stute verschwand wieder.
Plötzlich befand sich Matthias auf einem Schlachtfeld mit Wölfen und einer Herde von Pferden. Er stand in der Nähe eines fuchsfarbenen Hengstes, der um sein Leben kämpfte. Er stieg und schlug mit seiner Hinterhand aus. Er bockte auch ab und zu, indem er mit allen vier Beinen in der Luft war. Sein Wiehern war voller Schmerzen, aber nichts war schmerzlicher als der Ruf der Leitstute, die ihre Herde rief und um sie trauerte.
„Bitte hört auf!", schrie Matthias.
Er lief auf das Pferd zu und verscheuchte die Wölfe. Das Pferd spitzte die Ohren und sah ihn verängstigt an.
„Ich tue dir nichts", versprach Matthias ihm.
Der Hengst kam mit seinem Kopf näher und schmiegte sich an ihn.
Matthias blieb die Luft weg. *Eine ungeheure Kraft überkommt mich.*

Rohn, Sidra und Iran hatten sich auf die Nacht vorbereitet.
Iran saß im Schneidersitz vor dem Kreuz mit zusammengefalteten Händen, Rohn und Sidra hielten Wache.

„Wo bin ich?", fragte Iran.

Plötzlich schnappte neben ihm ein Kiefer zu und Knurren war zu hören. Er stand mitten im Schlachtfeld. Die Wölfe kämpften gegen eine Herde Pferde. *Ihr müsst die Auserwählten retten!*, sagte eine Stimme.
Iran hatte sein Schwert in der Hand und rannte in das Getümmel. „Verschwindet!“, schrie er wütend. Die Wölfe wichen nach hinten aus und die Herde kam wieder zusammen. Sie stampften und schnaubten zur Drohung. Blut lief an Beinen hinunter. Muskeln zitterten.
Gerade wollte ein Wolf aus der Reihe tanzen, und sprang die Leitstute an. Iran war sofort zur Stelle und schwang sein Schwert in der Luft, der Wolf prallte zurück auf den Boden. Wackelig stand er auf und knurrte ihn an, er zeigte seine Zähne. Doch bevor er noch einmal angreifen konnte, zogen die anderen sich zurück. Die Wölfe drehten sich ohne weiteren Grund um und liefen zurück in den Wald, wo sie herkamen.
Iran drehte sich zur Leitstute um. Diese neigte ihren großen Kopf vor ihm. Nach wenigen Sekunden ging sie an ihm vorbei und führte die Herde weiter an. Er sah ihnen lange nach, bis eine Stute auf ihn zu kam.
„Sei gegrüßt, Iran“, sie neigte ihren Kopf vor ihm.
„Sei gegrüßt, Geist des Pferdes“, begrüßte Iran sie.

Sidra und Rohn standen in Kampfstellung. „Bist du dir sicher?“, fragte Rohn Sidra. „Ja, ich bin mir sicher.“ Da umhüllte sie ein helles grelles Licht. „Rohn, was ist das?!“, schrie Sidra entsetzt. „Ich weiß es nicht. Aber wir müssen Iran beschützen.“

Um Iran herum war es wieder schwarz, er schwebte in der Luft. „Was machst du hier?“, wollte Iran von dem Geist wissen.
„Iran?“ Iran drehte sich um und sah hinter sich Sidra und Rohn.
„Was macht ihr denn hier?“, fragte Iran erstaunt.
„Uns hat plötzlich ein Licht umgeben und jetzt sind wir hier“, antwortete Rohn. *Dieser Geist ist mächtiger als ich dachte.*
Die Stute schnaubte: „Ich habe euch hergebracht, weil ich mit euch reden muss. Die Zeit ist gekommen, die Auserwählten sind so weit zu glauben.“

„Um was zu glauben?", fragte Sidra.
„Sie sind bereit um das zu glauben, für das der Herr sie auserwählt hat. Einer von ihnen hat sich schon mit seinem Seelentier verbunden.
Jetzt seid ihr dran", sagte die Stute.
„Wer bist du?", wollte Iran wissen.
„Ich bin das erste Pferd, das existiert hat. Ich war so klein, aber mit der Zeit wurde ich größer, bis heute."
„Aber das bedeutet ja …", weiter kam Rohn nicht.
„Du bist das erste großgewachsene Pferd, das es jemals gegeben hat."
Die drei Hüter gingen auf die Knie: „Es ist uns eine Ehre, mit so einer alten Seele wie mit dir zu reden."
„Der Herr hat mich geschickt um euch zu helfen. Die Feinde werden stärker. Die Auserwählten sind so weit, bringt ihnen das bei, wozu ihr ausgebildet wurdet." Dann verschwand die Stute.

Rohn öffnete die Augen, er lag auf dem Gras, neben ihm regte sich Sidra.
„Sidra, alles in Ordnung bei dir?", fragte Rohn besorgt.
„Ja, bei mir ist alles in Ordnung." Sidra schaute auf und sah Iran auf dem Boden liegen und schwer atmen. Schnell war sie auf den Beinen und rannte zu Iran. Rohn kam auch angelaufen.
„Iran? Iran, hörst du mich?"
Iran öffnete ganz langsam die Augen: „Sidra? Gott sei Dank geht es euch gut." Dann verlor er ganz das Bewusstsein. Sein Einhorn ging auf ihn zu und schnupperte an ihm. Es legte sich neben ihn und Sidra legte ihn zu seinem Einhorn.
„Wird er wieder?", fragte Rohn besorgt.
„Ja, er wird wieder. Dank Abendfeuer. Er hat fast seine ganze Energie gebraucht. Er könnte jetzt tot sein." „Eure Zeit ist noch nicht gekommen."
Erschrocken drehten sich Sidra und Rohn um. Hinter ihnen stand das Pferd, das sie eben noch gesehen hatten.
Abendstern und Abendsonne machten respektvoll Platz für die unbekannte Stute. Sie legt ihren Kopf an Abendfeuers Horn: „Das hilft ihm wieder auf die Beine zu kommen." *Danke, Mutter der Pferde.*

Mutter der Pferde, dachte Sidra.
„Ich schicke den Auserwählten eine Botschaft. Das sollte ihnen helfen euch endlich zu sehen“, damit verschwand die geheimnisvolle Stute.
„Das erste Pferd dieser Welt und sie lebt noch immer in unsere Welt“, staunte Rohn.
„Meine Eltern haben mir beigebracht, dass die großen Vorfahren immer in dieser Welt sein werden. Sie wurden eins mit der Erde“, sagte Sidra.
„Sie braucht uns alle drei“, sagte Iran schwach.
Sidra drehte sich zu ihm: „Sch … Du musst dich jetzt ausruhen. Du hast fast deine gesamte Energie verbraucht.“
„Sie wollte, dass wir sie alle sehen. Aber warum?“, fragte Rohn.
„Geister sind immer geheimnisvoll. Sie wissen mehr als wir. Sie wissen, was in Zukunft passieren wird“, sagte Iran.

Matthias und Tobias schreckten gleichzeitig aus dem Schlaf.
„Wovon hast du geträumt?“, fragte Tobias.
„Eine Schlacht zwischen Wölfen und Pferden“, sagte Matthias.
„Du also auch“, flüsterte Tobias.
Matthias kroch aus seinem Bett und ging zum anderen Ende des Zimmers zu Tobias’ Bett. Er kniete sich nieder und fragte: „Hattest du diesen Traum schon einmal?“ Tobias sah auf die Bettdecke, er wollte nicht darüber reden.
„Du kannst mir alles sagen“, versprach Matthias.
„Ja, ich hatte ihn schon einmal, aber nicht so wie heute. Ich habe einem dunkelbraunen Hengst geholfen, dass die Wölfe von ihm wegbleiben.“
„Ja, genau, ich hatte den gleichen Traum, nur half ich einem fuchsfarbenen Hengst, aber die Leitstute hat es nicht geschafft.“ Traurig sah Matthias auf den Boden.
„Wir müssen diese Leitstute finden. Sie ist in großer Gefahr, ohne uns stirbt sie“, sagte Tobias.
„Warum wir? Wir sind doch ganz normale Menschen“, fragte Matthias.

„Wir reden morgen mit Stefan. Wir sollten wieder schlafen gehen. Gute Nacht.“
Matthias ging wieder zurück in sein Bett. *Könnte es sein, dass Irina diese Leitstute ist? Nein, das kann nicht sein, wir mögen sie ja nicht mal. Gebt ihr eine Chance sich zu zeigen. Ihr braucht sie und sie braucht euch,* hörte Matthias ihre Stimme. Er schüttelte den Kopf, machte die Augen zu und fiel in einen ruhigen Schlaf.

Schweißgebadet wachte ich auf. *Schon wieder dieser Traum mit dem Pferd und den Wölfen. Was hat das nur zu bedeuten?*
Ich stand auf und ging zum Fenster, bald war der Mond nicht mehr zu sehen. *Was willst du mir sagen?*
Ich ging zurück ins Bett und versuchte wieder einzuschlafen.

13. Kapitel

Am nächsten Tag brannten meine Muskeln, als wäre ich die ganze Nacht lang gerannt. Zurzeit war ich in der Früh immer alleine, somit frühstückte ich nichts.
Ich machte mich fertig für die Schule und verließ das Haus.
Es fiel mir schwer munter zu bleiben. Ich konnte Ines' und Valentinas Gespräch nicht folgen, weil ich ständig die Stute von gestern sah.
Selbst bei Stefan und den Zwillingen war die Stimmung gedrückt. Niemand redete etwas und alle drei sahen etwas müde aus.
Tobias und Matthias sahen sich an und nickten sich zu. Sie machten sich fertig zum Aussteigen.
Draußen gingen sie schweigend nebeneinander, bis Matthias die Stille durchbrach: „Stefan, sag mal hattest du letzte Nacht auch einen seltsamen Traum von einem Pferd, umringt von Wölfen?"
Stefan blieb stehen und sah beide an. *Woher wissen sie von dem Traum? Hatten sie diesen Traum auch?*
„Ja, den hatte ich", gestand er. „Ihr etwa auch?"
„Ich zum ersten Mal. Aber Tobias schon zum zweiten Mal", sagte Matthias.
„Was hat das zu bedeuten?", fragte Stefan. Matthias zuckte mit den Schultern.
„Ich weiß es nicht", sagte Tobias. „Aber ich habe eine Ahnung, wer diesen Traum noch gehabt haben könnte."
Verstohlen sah Tobias zu mir. Matthias und Stefan folgten seinem Blick. Stefan runzelte die Stirn: „Meinst du?"
„Ich habe das Gefühl, dass Irina die Leitstute ist", sprach Tobias seinen Gedanken aus.
Matthias schüttelte den Kopf. Stefan sah ihn nur an.
„Es kann gar nicht um sie gehen, weil wir nichts mit ihr zu tun haben wollen", sagte Stefan in einem kalten Ton.
Ist das so?, sagte eine nervige Stimme in seinem Kopf.
Die drei gingen weiter. Hinter mir in einem sicheren Abstand.

„Ich glaube, wir sollen die Leitstute finden und retten", sagte Tobias erneut.
„Wenn wirklich Irina die Leitstute sein soll, dann kannst du das vergessen", sagte Matthias in einem hasserfüllten Ton.
Plötzlich stand das Pferd wieder vor ihnen. Den Kopf erhoben, die Mähne flatterte leicht und der Schweif ging hin und her.
Sucht die Leitstute und beschützt sie vor den kommenden Gefahren. Sie braucht euch.
„Wer ist die Leitstute?", fragte Matthias.
Doch da löste sich die Erscheinung schon wieder auf.
Die drei sahen sich an, aber gingen weiter.

„Wer ist die Leitstute?", fragte Rohn seine beiden Kollegen.
„Ich vermute es, wer es ist", sagte Iran. Immer noch sauer sagte Sidra: „Du solltest dich eigentlich noch ausruhen!"
Iran reagierte aber nicht und sah weiter stur geradeaus.
„Ich habe eine Idee", schrie Rohn.
Sidra und Iran sahen ihn an, doch Rohn sah nur zu den Kindern. *Bald, meine geliebten Auserwählten.*

Ich dachte gerade über den Traum nach, als ich bemerkte, dass mich jemand beobachtete. Ich drehte mich um und sah drei Gestalten auf Pferden sitzen. Sie hatten schwarze Umhänge und Kapuzen, somit konnte ich sie nicht erkennen. Dann waren sie verschwunden, als wäre nie etwas gewesen. Stefan, Tobias und Matthias sahen mich an und drehten sich auch um.
Was war das?
Ich drehte mich wieder um und ging Valentina und Ines hinterher.

„Leute, seht ihr auch die drei Gestalten?", fragte Tobias.
Matthias und Stefan nickten mit den Köpfen.
Die drei Gestalten wendeten ihre Pferde und ritten weg.
„Haben wir uns das gerade eingebildet?", fragte Matthias.
„Nein", sagte Stefan in einem festen Ton. *Schließlich hat Irina sie auch gesehen.*

„Habt ihr gesehen, wie die vier uns angesehen haben?", fragte Sidra.
„Ja, das haben wir", sagte Rohn.
Abendfeuer blieb stehen und riss den Kopf in die Höhe.
Abendstern und Abendsonne blieben auch stehen und drehten sich zu ihm um.
Iran beugte sich halb hinunter und atmete schwer. Er stützte sich auf Abendfeuers Widerrist ab. „Iran, alles in Ordnung?", fragte Rohn besorgt.
Doch da rutschte Iran halb hinunter, er hing an Abendfeuers Seite. Dieser stampfte auf und schnaubte. Blitzschnell rutschte Sidra von ihrem Einhorn hinunter und fing Iran auf.
Rohn folgte Sidra und half ihr. Gemeinsam stützten sie Iran und gingen in das Gras. „Verdammte Scheiße, Iran, ich habe dir gesagt, dass du dich noch ausruhen sollst", sagte Sidra verärgert.
„Mir geht es gut", stammelte Iran völlig erschöpft.
„Von wegen", sagte Sidra mit zusammengebissenen Zähnen.
Iran legte seinen Kopf weiter nach hinten und verzog das Gesicht vor Schmerzen.
„Rohn, hilf mir, ihn auf Abendsonne zu bringen. Ich setze mich hinter ihn."
Rohn hob ihn vorsichtig auf. Abendsonne ging in die Knie, sodass Rohn es bequemer hatte Iran auf ihren Rücken zu tun. Sidra schwang sich hinter ihm hinauf. Abendsonne stand vorsichtig auf, Abendfeuer stupste ihn an, doch Iran reagierte schon nicht mehr.
„Keine Sorge. Er wird wieder", versicherte Sidra ihr.
Sofort ging Abendfeuer auf Abstand und schnaubte. Er ging um Abendsonne herum und galoppierte in den Himmel empor.
Sidra und Rohn sahen ihm nach: „Der gleiche Eisblock wie Iran." Er trieb sein Einhorn hinter Abendfeuer hinterher. Sidra und Abendsonne gingen es langsamer an.

Endlich im Klassenzimmer angekommen richtete Matthias alles her für die erste Stunde. Er sah auf seine Handfläche und spürte wieder dieselbe Wärme wie letzte Nacht, als er diesen Hengst angriff.

Er fühlte eine gewisse Zuneigung für diesen Hengst. *Hoffentlich sehe ich dich wieder.* Matthias schüttelte seinen Kopf. *Was denke ich denn da? Ich mag Pferde nicht mal.* Er konzentrierte sich wieder auf seine Unterlagen.

Stefan sah in die Ferne. *König Aswan nannten sie mich. Was hat das zu bedeuten?* Er erinnerte sich wieder an die Stute, zu der er sich etwas hingezogen fühlte. *Was ist nur los mit mir? Ich neige dazu die berüchtigte Leitstute zu suchen, obwohl ich nicht mal weiß, warum, geschweige denn wie ich sie beschützen soll!*
Aber er erinnerte sich wieder an diese wundervollen Augen der Stute.
Selbst Tobias schien etwas weggetreten zu sein. *Wer waren diese drei Gestalten auf diesen wunderschönen Geschöpfen?*

Es gongte zur ersten Stunde und alle standen auf.
Herr Heiß trat ein und bat alle wieder Platz zu nehmen. Er begann seine Stunde. Stefan, Matthias und Tobias fiel es schwer dem Unterricht zu folgen.
Stefan hörte den Lehrer von weitem. Er konnte eine blasse Gestalt wahrnehmen: *Vertrau deinem Bauchgefühl. Finde die Leitstute in deinen Träumen und beschutze sie vor Gefahren,* sagte der Geist der Stute. *Wie kann ich sie finden? Und wie soll ich sie beschützen? Ich bin doch nur ein ganz normaler Junge,* sagte Stefan zu der Stute. Das Pferd begann zu glühen. *Du bist viel mehr als du glaubst.*
„Ich bin viel mehr als ich glaube?“, fragte Stefan laut.
Die Stute begann sich wieder aufzulösen. „Nein! Warte!“, schrie Stefan.

Herr Heiß schlug auf den Tisch: „Stefan Hofer, wirst du wohl aufwachen!“
Stefan schreckte auf. Jeder sah ihn an. Vor ihm stand ein wütender Lehrer. Er rieb sich die Augen und verstand zuerst gar nicht was los war.
„Was … was ist passiert?“, fragte Stefan benommen.

„Du bist eingeschlafen", erklärte Matthias ihm. In seinen Augen lag Besorgnis. Auch Tobias sah ihn besorgt an.
Herr Heiß kniete sich vor ihm nieder, er hatte auch einen anderen Gesichtsausdruck. „Du bist ganz blass. Geht es dir nicht gut?", fragte der Lehrer.
Stefan nickte: „Etwas schwindelig, aber sonst alles bestens."
„Du solltest besser raus. Matthias, Tobias, begleitet ihr ihn auf den Hof?"
„Klar, das machen wir."
Die drei standen auf und stützten Stefan, der auf wackeligen Beinen stand.
Die anderen Klassenkameraden sahen den dreien hinterher.

Unten angekommen setzten sie sich auf die Bank. „Komisch, dass uns Herr Heiß zusammen rausgeschickt hat."
„Generell auf den Schulhof, wo wir doch abhauen könnten", wandte Tobias ein.
„Was ist passiert?", fragte Stefan immer noch etwas benommen.
Tobias half ihm sich hinzusetzen: „Du hast das Bewusstsein verloren. Matthias hat versucht dich zu wecken, aber du hast nicht reagiert. Was hast du geträumt?"
„Dieses Pferd hat mich wieder heimgesucht", gestand Stefan.
„Diese Stute geht mir auf die Nerven", sagte Matthias.
„Was sagte sie dir?", fragte Tobias.
„Das Gleiche wie eh und je. Dass ich die Leitstute finden und vor den kommenden Gefahren beschützen soll. Und ich soll meinem Bauchgefühl vertrauen." Matthias dachte über diese Worte nach.
„Ihr seid viel mehr als ihr glaubt", sagte eine Stimme.
Vor ihnen stand schon wieder dieses Pferd. Tobias stand auf und stellte sich vor Stefan: „Was willst du von uns?!" Das Pferd begann wieder zu glühen, es drehte seinen Kopf zur Tür.
Die drei folgten seinem Blick und da stand jemand.
„Was willst du denn hier?", fragte Matthias ungläubig.
Die Stute verschwand wieder. Der Schüler ging zu ihnen raus.
„Ich habe euch hier raus gehen gesehen und habe mir Sorgen gemacht."

„Wir kennen uns doch gar nicht", sagte Stefan. Er stand auf und stellte sich auf Matthias' rechte Seite.
„Weißt du etwas über diese Stute?", fragte Tobias.
„Nein. Ich weiß genau so viel wie ihr", sagte Jul.
Erst jetzt bemerkten sie, dass auch Jul müde aussah. Stefan ging einen Schritt auf ihn zu: „Du hattest auch diese Träume."
Tobias und Matthias sahen zwischen den beiden hin und her.
„Ich weiß, dass wir nichts miteinander zu tun haben, aber eins kann ich sagen. Die Welt verändert sich." Stefan sah hinauf in den Himmel. Die Sonne strahlte auf die Erde herab, der blaue Himmel leuchtete wie an einem Sommertag.
„Warum ausgerechnet du?", fragte Matthias.
„Das weiß ich auch nicht. Ich weiß nur, dass bald etwas geschehen wird und wir auserwählt wurden", erzählte Jul ihnen.
„Wofür auserwählt?", hakte Tobias weiter nach.
Jul zuckte mit den Schultern.
„Wir sollten langsam wieder hinein gehen. Sie werden sich bestimmt schon fragen, wo wir so lange bleiben", sagte Matthias.
Matthias, Tobias und Stefan gingen an ihm vorbei: „Kein Wörtchen zu niemandem." Die drei blieben zwar stehen, gingen dann aber wieder hinein.

Sidra hatte Iran in sein Bett hineingelegt und ihn ruhig gestellt.
Sie ging gerade wieder zu Rohn, der mit Abendfeuer stritt.
„Jetzt lass mich dich striegeln."
Abendfeuer wich immer vor ihm zurück.
Rohn seufzte. „Lass ihn. Du weißt doch, dass nur Iran ihn anfassen darf", sagte Sidra. Abendfeuer senkte den Kopf. *Ich kann euch noch nicht vertrauen.*
Er ging auf die andere Seite des Berges und fing an zu grasen.
Abendstern und Abendsonne sahen ihm nach.
„Mach, dass es ihm besser geht", sagte Rohn zu seinem Einhorn.
Somit gingen sie wieder zu Iran.
Abendstern ging auf Abendfeuer zu. „Er wollte doch nur helfen."
„Lass mich doch in Ruhe", schnaubte Abendfeuer.
Abendstern riss den Kopf in die Höhe und stampfte mit seinem Vorderbein auf. Abendsonne ging dazwischen. „Lass gut sein."

Abendstern beruhigte sich etwas: „Es hat ja keinen Sinn. Diesen Eisklotz kann nichts und niemand auftauen!“ Abendstern trabte wütend weg.
Abendsonne drehte sich zu Abendfeuer um: „Doch, ich glaub daran, dass auch du irgendwann auftaust, egal was in der Vergangenheit passiert ist.“
Sie ging Abendstern hinterher.
Abendfeuer spitzte die Ohren und sah ihr hinterher. *Sie hat Recht. Ich darf nicht so zu ihnen sein. Sie helfen meinem Menschen dabei, dass er wieder gesund wird.* Er gab sich einen Ruck und hob die weiche Bürste auf.
In der Höhle saßen Rohn und Sidra am Feuer. Iran war weiter hinten.
Rohn hob den Kopf, er sah überrascht aus.
Abendfeuer ging auf ihn zu und ließ die Bürste in seinen Schoß fallen.
Er sah ihm tief in die Augen. Rohn stand auf, lächelte ihn an und begann ihn vorsichtig zu putzen.
Abendfeuer senkte den Kopf und entlastete ein Bein. Er genoss es geradezu.
„Ich weiß, dass du viel durchmachen musstest, aber ich werde nie zulassen, dass dir was passiert. Weder dir noch den anderen beiden. Versprochen“, versprach Rohn ihm. Abendfeuer sah ihm tief in die Augen. *Versprich niemals etwas, was du nicht halten kannst.*
Sidra stand auf und ließ die beiden alleine.
Sie ging zu Iran, der mit etwas Fieber in einer gemütlichen Ecke lag.
Sie wechselte den Umschlag auf seiner Stirn.
Abendfeuer ging auf sie zu. Er blieb bei Iran stehen und stupste ihn an.
Sidra streichelte seinen Hals: „Keine Sorge, das Fieber ist etwas zurückgegangen. Er wird wieder.“ Abendfeuer drehte sich um und trabte zum Ausgang.

14. Kapitel

In der großen Pause war Stefan sehr ruhig.
Er blickte kurz auf und sah, dass Jul ihn beobachtete, dann huschte sein Blick auf mich.

Mir ging es überhaupt nicht gut. Die Müdigkeit machte mir zu schaffen.
„Ich geh mal eben raus, frische Luft schnappen“, unterbrach ich meinen sogenannten Freundeskreis.
„Soll ich mitkommen?“, fragte Ines besorgt.
„Nein, danke. Ich komme gleich wieder“, sagte ich.
In meinem Inneren zerbrach ich langsam. *Du würdest es ja doch nicht verstehen.* Ich legte meine Jausenbox auf meinen Platz und ging hinunter.
Jul nahm sofort die Verfolgung auf.
Draußen angekommen atmete ich einmal tief ein und wieder aus. Die frische Luft tat mir gut.
„Was machst du hier so ganz alleine?“, fragte mich plötzlich jemand.
Erschrocken drehte ich mich um und war überrascht, wer hinter mir stand.
„Jul? Was machst du hier?“ Jul ging ein paar Schritte auf mich zu. Verlegen sah er zu Boden: „Ich mache mir Sorgen, du siehst müde aus.“
„Mir geht es gut“, versuchte ich mich heraus zu reden. Plötzlich tauchte eine Lehrerin in der Tür auf.
„Was habt ihr hier verloren?“, fragte sie in einem scharfen Ton. Jul drehte sich zu der Lehrerin um und erwischte dabei meinen Fuß
Überhaupt nicht gefasst darauf wankte ich und war kurz vor dem Umfallen. Sofort packte er mich am Arm und stützte mich: „Meiner Klassenkameradin ging es nicht so gut. Und da ich keine Lehrerin finden konnte dachte ich, würde ihr frische Luft gut tun“, entschuldigte Jul sich.

Sofort wurde der Blick der Lehrerin sanft: „Du auch? Das würde uns gerade noch fehlen.“ Mit diesem Satz ging sie wieder hinein.
Ich sah Jul an, der meinen Arm los ließ. „Danke, dass du mich aufgefangen hast“, bedankte ich mich schüchtern.
„Bitte“, er lächelte mich schief an.
„Also, was machst du hier so ganz alleine?“
„Ich musste mal eben raus von dort“, sagte ich ihm.
„Und warum bist du hier?“, fragte ich ihn.
„Ich habe mir Sorgen um dich gemacht“, gestand er noch einmal.
Ich war überrascht. „Nett von dir. Aber mir fehlt nichts“, sagte ich zu ihm.
Er nickte, dabei musterte er mich genauer.
„Komm, wir sollten wieder rein gehen“, sagte er schließlich.
Ich folgte ihm ohne Worte.

Es gongte zur nächsten Stunde. Matthias wollte sich gerade umdrehen, als er eine Gestalt mitten im Flur entdeckte.
Ein Mensch, der von oben bis unten mit einem schwarzen Umhang umhüllt war. Versteinert blieb er stehen. Die Leute um ihn herum verblassten, sodass Matthias nur mehr ihn sah.
„Mein erster Auserwählter“, sagte eine männliche Stimme.
Matthias sah sich um, dann zeigte er auf sich selber: „Wer? Ich?“
Die Person trat einen Schritt zur Seite, da tauchte ein fuchsfarbener Hengst auf. Er ging auf Matthias zu.
„Du lebst“, hauchte er. „Natürlich. Du hast mir geholfen, die Wölfe von mir fern zu halten und dafür danke ich dir“, der Hengst neigte den Kopf.
„Ich werde immer für dich da sein, wenn du meine Hilfe brauchst“, sagte er, bevor er sich auflöste.
„Was heißt das?“, fragte Matthias.
„Die Welt braucht euch, Matthias, deinen Bruder und deinen Cousin. Ihr müsst ihr den Frieden geben.“
„Aber wie?“, fragte Matthias.
„Haltet eure Augen und euer Herz offen für uns, sonst ist alles verloren.“

Dann verschwand er. Um Matthias herum wurde es wieder lauter. Er stand noch immer auf dem Flur. Stefan und Tobias waren schon in der Klasse.
Gerade sah er mich mit Jul die Stiegen hinauf gehen. *Sie muss etwas damit zu tun haben. Warum habe ich sonst das Gefühl sie beschützen zu wollen?!*
Er schüttelte den Kopf und ging in die Klasse.
Mitten im Flur blieb ich stehen. Ich drehte mich um. „Kommst du?“, fragte Jul nach hinten.
„Ja, ich komme“, sagte ich und eilte ihm hinterher.
Bevor ich in die Klasse ging konnte ich Geflüster hören. *Bald ist es so weit. Die Welt braucht dich, Auserwählte.*
Jul blieb stehen und lauschte.
„Hast du was gehört?“, fragte ich ihn neugierig.
„Nein, ich dachte ich hätte Geflüster gehört.“
Er ging in die Klasse hinein. Ich folgte ihm und war mir sicher, dass auch er das Geflüster hören konnte. *Aber warum verschwieg er mir das? Vielleicht weil er denkt, dass es verrückt klingt.*

Matthias' Gedanken schweiften ständig zu dem Hengst, den er letzte Nacht gerettet hatte. Er konnte sich nicht konzentrieren, aber er war nicht der Einzige, auch Tobias fiel es schwer dem Unterricht zu folgen.
Stefan griff sich wieder an die Stirn, die etwas warm war.
Ich werde doch wohl nicht krank, oder?, fragte er sich.
Der Zettel vor seinen Augen drehte sich und verschwamm etwas. *Nur noch zwei Stunden, dann habe ich es geschafft.* Matthias beugte sich zu ihm hin: „Alles in Ordnung? Du siehst blass aus.“
„Mir ist schwindelig und leicht Fieber hab ich auch“, sagte Stefan zu ihm. Seine Augen waren trüb und stumpf.
„Haben diese Träume Auswirkungen auf uns?“, fragte sich Matthias laut.
Er drehte den Kopf zu seinem Bruder Tobias herum. Auch seine Augen sahen etwas trüb und stumpf aus, er hatte Augenringe.
Warum fühle ich mich besser als die beiden?

15. Kapitel

Endlich klingelte es. Ein weiterer Schultag war zu Ende. Schnell machte ich mich fertig und ging schon mal zum Bus. Gerade als ich die Parkplätze der Schule hinter mir ließ, konnte ich jemanden rennen hören.
„Warte“, hörte ich und blieb stehen.
Ines kam zu mir vor gerannt, ohne Valentina.
„Wo hast du Valentina gelassen?“, fragte ich sie.
„Sie und Damla haben für heute etwas ausgemacht“, keuchte Ines.
Ich schmunzelte kurz, so außer Atem war Ines.
„Hör auf mich auszulachen“, sagte sie.
Wir kamen am Schwimmbad an und warteten auf den Bus, der gerade hinauffuhr.
„Warum bist du heute in der Großen Pause raus gegangen?“, fragte Ines.
„Mir war kurz schlecht in der Pause, zurzeit schlafe ich nicht gut“, gestand ich.
„Ach so. Es soll die Grippezeit wieder kommen“, sagte Ines.
Der Bus hielt an und Ines und ich stürzten uns hinein und ergatterten einen Sitzplatz.
Wenig später fuhr der Bus auch schon los. Ich sah aus dem Fenster und stellte mir vor, wie die Friesenstute nebenher lief.
Ich konnte ihre Hufe hören, wie sie auf die Erde aufkamen, wenn sie sich wieder vom Boden abheben wollte. *Wie es ihr wohl geht?*, fragte ich mich.
Dann konnte ich wirklich ein Pferd nebenher laufen sehen. Und einen fuchsfarbenen Hengst, der jede Nacht neben der Friesenstute her lief.
Aber was macht er hier? Und wo ist seine restliche Herde?
Der Hengst verschwand wieder.
„Steigen wir heute wieder einmal am Dorfplatz aus?“, fragte ich Ines.
Sie sah mich lange an bevor sie antwortete: „Von mir aus.“
Kurz darauf fuhr der Bus wieder los. Richtung Pollinger Dorfplatz.

Dort angekommen stiegen Ines und ich aus. Vor uns Matthias, Tobias und Stefan.
Als Matthias und Tobias die Hauptstraße zurückgingen, konnte ich genau sehen, dass der fuchsfarbene Hengst ihnen folgte. *Was hat das zu bedeuten?*, fragte ich mich.
Ines und ich gingen weiter. An meinem Lieblingshügel verabschiedeten wir uns voneinander und jeder ging seinen Weg nach Hause.
Könnte es sein, dass Matthias oder Tobias den gleichen Traum hatten wie ich letzte Nacht?
Dann sah ich, wie der Hengst vor mir stand, in seiner vollen Pracht.
Neben ihm stand Matthias, der eine Hand an seinem Hals hatte. Sie sahen mich beide an. *Die Welt braucht dich. Sie braucht uns.*
„Was soll das heißen?", flüsterte ich, damit mich niemand hören konnte.
Du bist zu etwas bestimmt. Der Hengst und Matthias machten einen Schritt auf die Seite, ein Mann, schwarz gekleidet auf einem weißen Einhorn, kam angeritten.
Irina, die Welt braucht dich. Komm heute Nacht zu mir und ich werde dir zeigen, wozu du bestimmt bist, sagte die männliche Stimme.
Dann verschwand die Erscheinung auch schon wieder.
Verwirrt ging ich weiter und dachte über die Worte nach.
„Dann hat das also doch eine Bedeutung", sagte ich zu mir selbst.

„Und, hat sie dich gesehen?", fragte Iran interessiert, als Rohn wieder zu sich kam.
„Iran, lass ihn mal zur Besinnung kommen", schimpfte Sidra.
Rohn hatte Schweißperlen auf der Stirn und er war etwas erschöpft.
„Ja, sie hat mich gesehen. Ich bat sie heute Nacht zu mir zu kommen, dann werde ich ihr alles zeigen", sagte Rohn.
Sidra hielt inne und sah Iran an.
„Was?", fragten beide zugleich.
„Das geht nicht. Sie ist noch nicht so weit", sagte Sidra.
„Ihr habt ja keine Ahnung, wie sie sich fühlt. Sie ist müde, ausgelaugt und fühlt sich schon seit Tagen nicht mehr gut. Sie kann sich kaum noch konzentrieren."

Iran schüttelte den Kopf: „Das ist noch zu früh. Sie muss erst ihrem Tier begegnen. Sonst versteht sie es nicht."
Rohn stand auf: „Wisst ihr was? Lasst mich doch in Ruhe."
Er konnte sich kaum auf den Beinen halten. Sidra und Iran wollten ihn stützen, doch er wies sie ab. Abendstern kam angetrabt, an dem sich Rohn festhalten konnte. Er hievte sich auf seinen Rücken und sagte noch: „Sie ist meine Auserwählte und ich entscheide, wann sie etwas erfährt und sonst niemand", damit drehte sich Abendstern um und galoppierte in den Himmel empor.
Sidra und Iran tauschten Blicke. „Na, wenn das gut geht", sagte Iran.

„Kann es sein, dass ihr Klassenkamerad auch ein Auserwählter ist?", fragte Sidra. Iran drehte sich zu ihr um: „Warum?"
„Ich habe es gefühlt, als ich Irina und ihn beobachtet habe."
„Könnte sein", gestand Iran. „Wir schlüpfen in seine Träume, dann sehen wir, ob auch er ein Auserwählter ist."
„Aber vorher müssen wir Rohn einholen", damit schwang Sidra sich auf Abendsonne und trieb sie zum Himmel hinauf. Abendfeuer stampfte mit dem Fuß auf. Iran schwang sich auf ihn und folgte Sidra in den Himmel hinauf.
„Sidra! Warte mal!", schrie er ihr hinterher.
Sidra zügelte Abendsonne und flog langsamer: „Was ist?"
„Und was ist, wenn Rohn Recht hat und wir es ihnen sagen sollten?"
Sidra sah ihn noch immer fragend an. „Zumindest, dass sie zu etwas bestimmt sind, das sie jetzt noch nicht verstehen."
Sidra dachte über diesen Vorschlag nach. „Das könnten wir machen. Gute Idee, Iran. Komm, wir schlagen das Rohn vor." Mit diesen Worten flogen sie wieder schneller.
Abendfeuer dicht dahinter. „Siehst du ihn irgendwo?", fragte Sidra.
„Nein, nirgends, aber er kann doch noch nicht weit sein."
Plötzlich hörten sie von unten ein Wiehern.
„DA!", schrie Iran und steuerte hinunter.
Die zwei Einhörner landeten auf dem weichen Gras. Abendstern kam angetrabt und begrüßte die zwei. Sidra und Iran rutschten von den Rücken ihrer Einhörner und liefen zu Rohn.

„Rohn, alles in Ordnung?“, fragte Sidra.
„Ja, mir geht es gut, aber seht.“ Erst jetzt bemerkte Sidra, dass Rohn und Iran auf einen großen glänzenden Stein schauten.
„Was ist das hier?“ Fasziniert davon ging Iran auf den Stein zu. Er berührte ihn mit seiner Handfläche und bekam sofort eine Vision von dem Stein.
„Dort saß die letzte Auserwählte. Die Anführerin der letzten Auserwählten.“ Voller Achtung verbeugten sich Sidra und Rohn vor dem Stein.
„Seid gegrüßt, Hüter“, vernahmen sie eine Stimme.
Iran wich ein paar Schritte zurück. Auf dem Felsen erstrahlte eine Gestalt, die in helles Licht getaucht war.
„Die letzte Wölfin, die gegen die Feinde gekämpft hat“, flüsterte Iran.
„Ich habe euch erwartet“, die Wölfin neigte den Kopf. „Bitte erhebt euch.“
Sidra und Rohn standen auf und sahen sie an. „Ihr habt uns erwartet?“, wiederholte Iran.
„Ja. Meine Aufgabe besteht darin, euch und euren Auserwählten zu helfen.“ Vor den Hütern erstrahlte ein so helles Licht, dass sie ihre Augen schließen mussten.
Als sie die Augen wieder öffneten, standen sechs Kreaturen auf vier Pfoten vor ihnen.
„Wölfe?“, fragte Sidra.
„Aber sollten diese Auserwählten nicht andere Tiere bekommen?“, fragte Rohn. „Ihr meint Pferde? Ja, das auch“, sagte die siebte Wölfin.
Die Hüter sahen sich erstaunt an. „Diese Auserwählten sind ganz besondere. Sie haben eine Wolfsseele und eine Pferdeseele. So stark waren Auserwählte noch nie. Diese hier sollen der Welt endlich Frieden geben.“
„Wir wollten ihnen heute Nacht sagen, wozu sie bestimmt sind“, sagte Rohn. „Holt sie hier an diesen Ort, und sagt ihnen noch nicht, wozu sie bestimmt sind. Mit diesem Wissen können sie noch nicht umgehen“, sagte die Wölfin auf dem Felsen.
„Was glaubt ihr denn, wie lange die Welt noch durchhalten soll? Mit jedem Tag, der verstreicht, wird der Feind stärker“, schrie Rohn.

„Rohn, beruhige dich. Wir sagen ihnen heute Nacht, dass sie für etwas bestimmt sind, aber noch nicht wofür genau. Das ist das Beste für sie", versuchte Sidra ihn zu beruhigen.
Rohn sah dabei die ganze Zeit die Wölfin an. „Die Welt wird nicht mehr lange durchhalten." In seinen Augen lag tiefe Trauer. Er wechselte den Blick zu seinen beiden Kollegen: „Wollen wir das wirklich zulassen? Ich weiß, der Herr lässt uns nicht im Stich, aber er ist kein Hellseher, er kann nicht in die Zukunft schauen."
Sidra und Iran starrten ihn nur an, keiner brachte ein Wort heraus.
„Das werden wir niemals zulassen", sagte plötzlich ein Wolf aus der Reihe.
Rohn, Sidra und Iran schauten sie an.
Eine weiße Wölfin war aus der Reihe getreten. „Seit wir Welpen waren wussten wir, wozu wir bestimmt sind. Der Herr hat uns und unseren Eltern davon berichtet. Also, wenn wir uns mit unserer zweiten Hälfte zusammen tun, können wir schon mal mehr ausrichten als jetzt." Rohn starrte sie an, völlig perplex: „Ich dachte, ihr wärt nur Spiegelbilder eurer selbst."
Ein zweiter Wolf kam aus der Reihe: „Nein. Wir wurden von der zusammengerufen, von der wir trainiert wurden, und sie hat uns hierher gebracht." Die Wölfe schauten zum Felsen empor. Die Hüter folgten ihren Blicken und sahen zu der Wölfin, die am Felsen saß, anmutig und allwissend.
„Jede Einzelne von ihnen beherrscht die Grundlagen, des Weiteren müssen sie mit ihren Menschen trainieren."
„Woher sollen wir wissen, zu welchem Menschen jeder Einzelne von euch gehört?", fragte Sidra.
„Wir suchen uns den Menschen aus, zu dem wir uns hingezogen fühlen."
„Und wie bekommt ihr eure zweite Hälfte?", fragte Iran.
Die Wölfin auf dem Felsen stand auf und sprang hinunter, sie ging auf die Hüter zu. „Ihr habt euren Auserwählten ihre Pferdegeister schon zu erkennen gegeben, nun müsst ihr sie herholen."
Die Wölfin sah zu den Einhörnern und wieder zu den Hütern.
„Stellt euch in einem Kreis auf und ergreift jeweils von eurem Einhorn und eurem Nachbarn das Horn, sodass ein Kreis entsteht

und nirgends ein Loch ist." Die Hüter und die Einhörner machten es so wie es ihnen gesagt wurde. „Konzentriert euch auf die Bilder der Pferde. Lasst sie lebendig werden."
Die Hörner der Einhörner erstrahlten und ein Pferd nach dem anderen kam aus dem Licht gesprungen. Als das letzte Pferd aus dem Licht sprang, erstarb das Licht und die Hüter gingen zu Boden.
„Gut gemacht. Dafür, dass ihr noch nicht lange Hüter seid, habt auch ihr eine große Macht."
„Geht es euch gut?", fragte Sidra. „Ja, etwas erschöpft, aber sonst nichts", sagte Iran. Beide standen wieder auf, nur Rohn blieb sitzen. Sidra kam auf ihn zu und legte ihre Hand auf seine Schulter: „Das wird bald wieder." Abendstern schnaubte ihn an. Rohn schnappte sich seine Mähne und half sich damit, wieder auf die Beine zu kommen. Die Wölfin kam auf ihn zu: „Streck deine Hand aus!" Rohn streckte seine Handfläche aus. Die Wölfin reckte ihm ihre Schnauze entgegen.
Sie konzentrierte sich, nach kurzer Zeit öffnete sie ihre Augen wieder und ging ein paar Schritte zurück: „Wie fühlst du dich jetzt?"
„Besser, danke", sagte Rohn und ließ von Abendsterns Mähne ab.
„Wow", staunten Iran und Sidra. „Wisst ihr, was ihr gerade getan habt?", fragte die Wölfin. Die Hüter schauten sie nur an.
„Ihr habt sie voneinander getrennt, wie ich das wollte." „Was? Aber du sagtest doch wir müssen sie zueinander bringen", sagte Sidra erschrocken. „Sie waren schon immer eins. Ich wollte nur wissen, wie mächtig ihr seid." Sie sprang wieder auf ihren Felsen. Die Pferde verblassten.
„Nur ihre Menschen können die Pferde in ihnen erwecken und am Leben erhalten."
„Was sagen wir ihnen?", fragte Rohn bedrückt.
Sidra drückte ihn an sich: „Uns fällt ganz bestimmt etwas ein. Aber sie sind alle noch nicht bereit."
Die Wölfin auf dem Felsen sprang hinunter: „Es wird Zeit. Auch ich werde jetzt gehen. Aber bevor ich gehe …"
Die sechs Wölfe verblassten. Vor den Hütern schwebten sechs Leuchtkugeln. „Was?", doch weiter kam Iran nicht. „Das sind

die Wölfe für die Auserwählten, ihr haltet jetzt ihre Seelen in den Händen. Bewahrt sie gut auf und gebt sie den richtigen Menschen."

Dann verblasste die Gestalt endgültig.

„Ist euch klar, was das bedeutet?", fragte Iran. „Auch wir sind ab heute stärker geworden."

16. Kapitel

Endlich war es Abend. Noch nie hatte ich mich aufs Schlafen gefreut, aber heute schon. *Endlich bekam ich eine Antwort auf meine Frage.*
Während dem Zähneputzen sah ich das Bild von Matthias und dem schönen Hengst, der neben ihm stand.
Schnell ging ich zu Mama und Papa „Gute Nacht“ sagen.
Ich kuschelte mich unter die Decke, im Hintergrund der Radio.

Um mich herum war es dunkel. „Hallo?“, schrie ich.
Keiner antwortete. „Ich dachte, du würdest mir endlich erklären, was meine Träume zu bedeuten haben!“, schrie ich.
Fertig mit den Nerven, war ich auch den Tränen nahe.
Ich ging in die Knie. Als plötzlich eine Gestalt vor mir auftauchte.
„Du bist gekommen.“ „Ja, wie ich es gesagt habe.“
„Sag mir bitte, was meine Träume zu bedeuten haben.“
„Ich … Das kann ich nicht. Noch nicht“, sagte er.
Betreten sah er zu Boden. „Bitte nimm deine Kapuze ab, damit ich dich richtig sehen kann“, bat ich ihn. „Das darf ich nicht. Nicht solange du noch nicht bereit bist.“ „Aber ich brauche die Antworten. Ich kann schon seit Tagen nicht mehr richtig schlafen. Ich bin fertig mit den Nerven, ich halte das nicht mehr lange durch.“ „Du bist viel stärker als du denkst.“ Er wollte sich gerade wieder umdrehen. „Stimmt es, dass die Zwillinge und Stefan auch Auserwählte sind?“, fragte ich ihn, in der Hoffnung, dass er mir noch eine Antwort gab.
Er hielt in der Bewegung inne: „Ja, das stimmt.“ „Und was ist mit Jul?“, forschte ich nach. „Auch er ist ein Auserwählter, genau wie du. Aber behalte das für dich. Sie werden dir nicht glauben.“
Seine Gestalt verblasste und ich blieb im Dunkeln zurück.
„Ich dachte, ich würde heute Antworten bekommen“, sagte ich leise.
„Hast du auch“, hörte ich seine Stimme im Kopf.
Um mich herum wurde es heller. Eine saftige grüne Wiese erstreckte sich vor mir und über mir ein strahlend blauer Himmel mit Sonnenschein.

Und weiter vorne konnte ich die Friesenstute entdecken und nicht weit entfernt von ihr den fuchsfarbenen Hengst. Langsam ging ich auf sie zu. Sie warf ihren Kopf hoch, spitzte die Ohren und sah in meine Richtung. Sie schnaubte und wieherte mir zu. Erfreut ging ich näher an sie heran. Auch sie ging ein paar Schritte auf mich zu. Der fuchsfarbene Hengst war nun auch neugierig und ging hinter der Stute nach.
Ich sah mich um, aber es waren nur die beiden da. „Wo sind die restlichen?", dachte ich laut nach. „Die müssen erst befreit werden", ertönte eine Stimme hinter der Stute.
Der Mann von eben kam hervor. „Ihre Besitzer haben sie noch nicht befreit aus diesem Alptraum."
„Kann ich irgendwie helfen?", fragte ich ihn. Er streichelte der Stute den Hals hinab. „Nein, du hast ihr schon geholfen. Noch einem Pferd zu helfen ist gegen das Gesetz. Sie werden schon rechtzeitig hier herkommen." Er glitt weiter zu ihrem Rücken und strich bei der Schweifrübe hinab. Die Stute wechselte ihre Ohren ständig nach vorne und nach hinten.
Er winkte mich zu sich: „Komm zu mir." Er streckte mir seine Hand entgegen, aber ich blieb wo ich war. „Vertrau mir, ich tue dir nichts", sagte er. Etwas zögerlich ging ich zu ihm. Er packte mich unter den Armen und schupfte mich auf den Rücken der Stute. Die Stute blieb dabei still stehen, die Ohren aufmerksam zu mir nach hinten gelegt.
Sie drehte ihren Kopf zu meinem Fuß und schnupperte dran. Der Mann ging vor den Kopf der Stute und streichelte ihre Stirn. „Und jetzt sei frei und reite wohin du auch willst." „Was? Aber ich kann gar nicht reiten", protestierte ich.
„Doch, das kannst du." Ohne ein weiteres Wort ging er um uns herum und klatschte der Stute auf die Hinterhand. Die Stute stieg, wieherte und als ihre Vorderhufe wieder den Boden berührten galoppierte sie davon. Ich hatte mich an ihrer Mähne festgegriffen.
„Sei frei!", hörte ich noch. Und als ich mich das nächste Mal umdrehte war er neben mir. Auf seinem Einhorn. „Richte dich auf, heb dich mit deinen Oberschenkeln. Spür die Bewegung unter dir, werdet EINS. Hab keine Angst, sie passt auf dich auf." Ich tat was er mir sagte, und ja, es war wirklich nicht schwierig.
Ich traute mich sogar ihre Mähne los zu lassen und meine Arme auszustrecken: „Wuhuu!"

„Ja, genau. So reitet man. Frei wie der Wind", hörte ich von ihm. Das Einhorn war immer noch auf gleicher Höhe. Schnell griff ich wieder in ihre Mähne und beugte mich vor: „Komm, dem zeigen wir es." Die Stute verstand sofort und beschleunigte. Ich konnte genau spüren, wie sich die Kraft aus ihrer Hinterhand durch ihren Körper pumpte und sie schneller wurde. „Na wartet."
Mein Verfolger drückte seine Waden an sein Einhorn. Es wurde sofort schneller. Sie überholten uns und liefen noch weiter bis zum Hügel empor. Dort oben angekommen blieb das Einhorn stehen und stieg. Es wieherte zum Himmel empor, als würde es jubeln.
Die Friesenstute wurde langsamer, stampfte und schnaubte.
Der Mann sah hinter sich: „Ich muss jetzt los." Und ohne ein weiteres Wort verschwand er mit seinem Einhorn.

Das Klingeln des Weckers weckte mich aus meinem schönen Schlaf.
Ich griff nach dem Wecker und schaltete ihn aus. Zu meiner Überraschung war ich überhaupt nicht müde. Nein, seit langer Zeit war ich ausgeschlafen und fit für die Schule. Ohne noch länger liegen zu bleiben stand ich auf und machte mich fertig. Eine Antwort hatte ich bekommen, ich war zu etwas bestimmt!

In der Nacht bei Tobias. Auch er war früh schlafen gegangen.
„Gute Nacht, Bruderherz", wünschte Tobias ihm.
Matthias lag im Bett und las noch in einem Buch. „Gehst du schon schlafen?", fragte Matthias. „Ja, im Gegensatz zu dir habe ich schon seit Tagen einen schlechten Schlaf", entgegnete Tobias forsch. Matthias senkte sein Buch und sah Tobias traurig an. Tobias richtete seinen Blick auf die Bettdecke: „Entschuldige bitte. Ich hab es nicht so gemeint. Ich … ich hatte einfach zu wenig Schlaf in letzter Zeit", entschuldigte Tobias sich.
Matthias legte sein Buch weg, stand auf und ging zu Tobias.
Er setzte sich auf die Bettkante und lächelte ihn an: „Entschuldigung angenommen." Er nahm ihn in die Arme.
„Warum bist du so fröhlich?", fragte Tobias ihn.

Matthias ließ ihn los und sah ihm lange in die Augen. *Soll ich ihm sagen, was ich letzte Nacht getan habe? Soll ich ihm sagen, dass der Hengst frei ist, aber ab jetzt immer bei mir ist?* Er entschied sich dagegen.

„Ich habe einfach vergangene Nacht besser geschlafen als die letzten Nächte", sagte er daraufhin.

„Meinst du, mir wird das auch passieren?", fragte Tobias ihn. Seine Augen waren so stumpf wie noch nie. „Ganz bestimmt", hoffte Matthias.

Tobias drehte sich um und schloss die Augen. Das war das Stichwort für Matthias, dass er jetzt gehen konnte. Leise schlich er sich zurück in sein Bett, markierte die Seite im Buch und knipste das Licht aus.

Seine Träume vom Hengst erfüllt.

„Nein! Bitte lasst ihn leben!", schrie Tobias in seinem Traum. Die Wölfe umzingelten den Hengst, der hoffnungslos versuchte zu entkommen. Der Hengst wieherte verzweifelt, aber kein anderes Pferd reagierte. Als hätten sie ihn verlassen. *Der Arme ist ganz alleine*, dachte Tobias. Die Wölfe umzingelten den Hengst mit einem kleinen Kreis.

Was kann ich tun?, fragte sich Tobias. Er ging auf die Knie.

Das schrille Wiehern tat ihm im Herzen weh. Ihm lief eine Träne die Wange hinunter. „Oh nein, so schnell gebe ich mich nicht geschlagen", sagte Tobias entschlossen.

Er stand wieder auf und stürzte sich in die Wolfsmenge. Er rannte zu dem Hengst, der sich verzweifelt wehrte.

Die Wölfe knurrten und bissen um sich herum. Einer schnappte Millimeter vor Tobias' Arm zu. Er schreckte kurz zurück, griff nach dem Stock, der plötzlich unter ihm war, und wedelte vor den Augen des Wolfes damit. Der Wolf winselte und ging ein paar Schritte zurück, bis er gegen einen anderen Wolf lief, der ihn sofort in den Hintern zwickte.

Tobias fasste neuen Mut und kämpfte sich den Platz frei.

Der Hengst und die Wölfe sahen ihn erstaunt an: „Lasst ihn in Ruhe!", schrie Tobias laut und kräftig. Ein Wolf ging auf ihn zu. Das Pferd hinter ihm wieherte: *Pass auf!*

Tobias holte aus und traf den Wolf an der Flanke. Dieser taumelte, aber lag noch nicht auf dem Boden. „Du jagst mir keine Angst ein!“, sagte Tobias hasserfüllt. „Hundert gegen einen. Das ist unfair.“ Er fuchtelte mit dem Stock und die Wolfsmenge ging einige Schritte zurück. Der Kreis wurde größer.
Der Hengst fasste neuen Mut und auch er stampfte mit seinen kräftigen Vorderhufen auf, sodass die Wölfe zurückwichen.
Tobias holte aus, den Stock weit hinter seinem Kopf. Der Wolf unter ihm winselte und sah ihn flehend an.
Tobias rührte sich nicht von der Stelle, diese Augen ließen seine Wut verfliegen.
Er senkte den Stock und schmiss ihn weg. Der Wolf staunte, er richtete sich auf und heulte zum Himmel empor. Die Wölfe verblassten.
Tobias dreht sich zu dem Hengst um, der an der Schulter einen Kratzer hatte.
Langsam und vorsichtig näherte er sich dem Hengst, der einen Schritt zurückwich: „Keine Sorge. Ich tue dir nichts.“ Als hätte der Hengst ihn verstanden, blieb er stehen. Dennoch waren seine Augen sehr groß. Tobias fasste sachte an seine Wunde. „Du Armer“, sagte Tobias.
„Das heilt wieder.“ Tobias griff blitzschnell nach dem Stock und drehte sich um.
Eine Gestalt stand plötzlich vor ihm, sein schwarzer Umhang reichte bis zum Boden.
Den Stock drohend in der Luft, bereit zum Zuschlagen.
„Wie ich sehe mögt ihr euch“, stellte die Gestalt fest. Tobias neigte den Kopf etwas zur Seite, sein Gegenüber deutete zum Stock. Tobias senkte den Stock, umklammerte ihn aber noch fester. Der Hengst hinter ihm schnaubte.
Tobias legte instinktiv die Hand auf seinen Hals. „Tobias, weißt du, was du gerade getan hast?“, fragte der Mann mit der Kapuze am Kopf.
Tobias schüttelte den Kopf.
„Du hast diesen Hengst an deiner Seite gerettet. Du hast Mut bewiesen, und das bedeutet, dass dir etwas an diesem Hengst liegt.“ Tobias sah in das Auge des Hengstes.

Die Person hob ihre Hand, Tobias richtete blitzschnell den Stock gegen ihn und stellte sich schützend vor das Pferd. Eine Handbewegung von ihm und der Hengst verblasste allmählich. Tobias wollte nach dem Hengst greifen, aber er griff ins Leere. Der Hengst war weg.

17. Kapitel

Tobias schoss hoch. Sein T-Shirt war schweißnass, er sah sich im Zimmer um. Seine Augen waren weit aufgerissen. Er bekam keinen Ton raus, nur Schluchzen. Er hielt sich schnell den Mund zu, damit Matthias nicht aufwachte. Ein kalter Schauer lief ihm über den Rücken.

Er fühlte sich beobachtet, schwer schluckend ging er an die Wand und drückte sich fest an sie. Die Decke bis zum Kinn hoch, so saß er da.

An Schlafen konnte er jetzt nicht mehr denken. Der Schock saß tief in ihm. *Was war mit dem Hengst geschehen? Geht es ihm gut?* Diese Fragen schossen ihm unermüdlich durch den Kopf. *Hoffentlich kann er fliehen, wo auch immer er gerade ist.*

Punkt genau sechs Uhr klingelte Matthias' Wecker. Verschlafen griff er nach ihm und stellte ihn aus. Er setzte sich auf, gähnte und streckte sich ausgiebig. Dann fiel sein Blick auf seinen Bruder, instinktiv wusste er, dass etwas nicht mit ihm stimmte. Er stürzte sich zu ihm und rüttelte ihn an den Schultern: „Tobias? Tobias, so wach doch auf! Was ist geschehen?"

Doch Tobias regte sich nicht.

Er starrte aus dem Fenster und rührte sich kaum. Doch dann schlang er seine Arme um Matthias. Er drückte seinen Bruder so fest er konnte an sich, damit er nicht auch noch verschwinden konnte. Matthias gelang es irgendwie Luft zu atmen, so fest hatte Tobias ihn noch nie gedrückt.

Als Tobias etwas lockerer ließ, gelang es Matthias sich zu befreien. Erst jetzt bemerkte er, dass Tobias dunkle Augenringe hatte, sein Rücken schweißnass war und seine Augen rot. *Hat er etwa geweint?*

„Warum weckst du mich nicht?", sagte Matthias besorgt.

Aber Tobias konnte immer noch nicht reden. „Am besten ist du bleibst zuhause und ruhst dich aus. Ich sage Bescheid, dass du krank bist." Gerade wollte Matthias aufstehen, da ergriff Tobias seine Hand so fest, dass Matthias' Finger weiß wurden.

„Nein. Ich kann … nicht zuhause bleiben", zitterte Tobias hervor. „Sieh dich doch an. Du zitterst, hast dunkle Augenringe und bist schweißgebadet. Abgesehen davon bist du bestimmt die halbe Nacht wach gewesen", argumentierte Matthias.
„Ich kann nicht zuhause bleiben. Ich gehe in die Schule", sagte Tobias.
Aufgestanden, wollte er gerade die ersten Schritte machen, da musste er sich an der Wand abstützen. Matthias kam ihm zu Hilfe, aber Tobias wies ihn ab. Nach ein paar Schritten an der Wand konnte er ohne Hilfe wieder gehen.
Matthias schüttelte den Kopf und ging ihm hinterher ins Bad.

Pünktlich um sechs Uhr weckte mich mein Wecker auf.
Benommen von meinem Traum griff ich nach meinem Handy und schaltete den Wecker aus. Ich schlug die Decke nach hinten und stand auf. Im Haus war es dunkel und leise. Mama und Papa mussten arbeiten.
Im Bad schaltete ich das Licht an und blinzelte gegen den hellen Schein.
Ich spürte einen Schmerz an der Innenseite meiner Oberschenkel, da fiel mir der Traum wieder ein.
Ich durfte die wunderschöne Friesenstute reiten. Mein Herz hüpfte bei der Erinnerung. Gut gelaunt machte ich mich fertig. In der Küche richtete ich alles her für die Schule. Um fünf vor sieben Uhr ging ich von daheim los. Ines und ich kamen zugleich am grünen Haus an.
„Hallo", begrüßten wir uns.
Auf dem Weg zur Bushaltestelle starrte Ines vor sich her.
„Ist etwas?", fragte ich besorgt. Ines räusperte sich: „Meinst du, es wäre mit Tobias und mir gut gegangen?" Ich war erstaunt, dass ihr doch noch daran etwas lag. Mein Herz zog sich krampfhaft zusammen. „Ich weiß es nicht."
Ohne ein weiteres Wort gingen wir weiter.
Du glaubst gar nicht, wie sehr ich mir wünschte, dass ihr zusammen wärt.
Während der ganzen Busfahrt redeten wir kaum ein Wort.
Ines starrte vor sich hin und ich sah aus dem Fenster.

„Und du meinst es war eine gute Idee, in einem solchen Zustand in die Schule zu gehen?“, fragte Stefan skeptisch.
Tobias saß ihm gegenüber: „Ich werde nicht wegen eines dummen Traumes zuhause bleiben und Schule schwänzen“, fuhr Tobias ihn unsanft an. Gleich darauf hielt er sich die Hand vor den Mund: „Entschuldige“, betreten sah er zu Boden.
Stefan legte seine auf Tobias' Hand: „Schon verziehen.“
Tobias rieb sich die Augen. Matthias runzelte die Stirn. *Das wird nicht gut ausgehen.*

Schweigend gingen Ines, Valentina und ich nebeneinander zur Schule.
Ein leichter Wind blies mir entgegen, meine Haare wehten nach hinten. Ich konnte die schwarze Mähne der Friesenstute vor meinem inneren Auge sehen, wie sie im Wind wie Wellen des Meeres wehte.
Ich sehnte mich nach ihr. Nach ihrem Geruch und ihren Schwüngen, die so angenehm waren wie auf einem Schaukelpferd.
Bitte lass mich heute Nacht wieder auf dir reiten, flehte ich zum Himmel empor.

Tobias war in seine Gedanken vertieft. Er konnte das Wiehern des Hengstes hören. Diese entsetzten weit aufgerissenen Augen. Tobias schauderte, er bekam Gänsehaut bei diesem Anblick.
Komisch, jahrelang habe ich keine Pferde gemocht, aber um diesen Hengst sorge ich mich zu Tode.
„Stefan, ich mache mir Sorgen um ihn“, sagte Matthias besorgt. Auch Stefan sah zu Tobias. „Ich weiß, was du meinst. Wir müssen ihn einfach im Auge behalten.“
„Du hättest ihn sehen müssen. Wie er da in der Ecke saß und zitterte“, erinnerte sich Matthias. „Sobald wir sehen, dass sich Tobias' Zustand verschlechtert, werden wir sofort handeln“, sagte Stefan zu ihm. Matthias nickte gedankenverloren.

In der Klasse saß Tobias auf seinem Platz. Matthias stöberte etwas in einem Schulbuch nach und Stefan spielte mit dem Handy.

Vor seinen Augen lag der Notizblock. Tobias griff nach seinem Bleistift und fing an zu zeichnen. Er erregte Matthias' Aufmerksamkeit, dieser sah ihm zu, wie er die Konturen eines Pferdes mit Leichtigkeit nachzeichnete. Mit Holzfarben malte er die Konturen aus. Eine Flocke hatte es am Kopf und schwarze Beine, der restliche Körper war dunkelbraun. Auch der Nasenrücken mit dem Zeichen der Flocke war schwarz.

Das ist doch das Pferd, das neben meinem gewesen ist, stellte Matthias fest.

Nun begann auch er zu zeichnen. Einen edlen geraden Kopf, auch mit einer Flocke als Abzeichen. Einen langen gewölbten Hals mit einer schrägen Schulter und einem ausgeprägten Widerrist. Ein langer Rücken mit einer kräftigen, muskulösen Hinterhand und einem langen dichten Schweif. Das linke Hinterbein bis zum Fesselbein war weiß gekennzeichnet. Zum Schluss malte er noch eine mittellange, aber doch etwas kurze Mähne mit Schopf.

Stefan war aufmerksam geworden. Er sah Tobias' Zeichnung und war überwältigt von dem Portrait. Auch Matthias' Zeichnung sah ziemlich überzeugend aus. Da überkam ihn der Drang, auch ein Bild von seinem Traumhengst zu zeichnen. Ein edler, großer, gerader Kopf mit einem hoch angesetzten, kurzen, gewölbten Hals, einer schrägen steilen Schulter, ein langer Rücken mit einer kräftigen Hinterhand. Der Schweif reichte bis zum Boden mit seinen Locken. An den Fesseln der typische Behang. Die Mähne lang, gewellt bis zur Schulter und der Schopf bis zu den Nüstern reichend.

Das ganze Pferd schwarz wie die Nacht ohne Abzeichen.

Alle drei tauschten die Blätter aus. Stefan erkannte Matthias' und Tobias' Hengste auf Anhieb.

Als Jul in die Klasse kam, setzte er sich neben mich. Erstaunt sah ich ihm in die Augen.

„Hallo", sagte er nett. „Hallo", sagte ich verwirrt.

„Ich hatte letzte Nacht einen komischen Traum", begann er.

Ich ließ von meiner Arbeit ab und drehte mich zu ihm.

„Ich träumte von einem Pferd und einem Mann. Der sagte mir, dass ich für etwas bestimmt bin.“ Innerlich war ich erstaunt. *Warum erzählt er mir so etwas?*
„Dieses weiße Pferd wurde von Wölfen gejagt und umzingelt. Es schrie in die Ferne, zu seiner Herde.“
Ich unterbrach Jul: „Warum erzählst du mir das?“
„Ein Mann sagte mir, dass du eine Rolle darin spielst. Und ich merke, seit ich das erste Mal in diese Klasse gegangen bin, dass uns etwas verbindet. Nur weiß ich noch nicht was, aber es muss etwas mit diesem Pferd zu tun haben“, gestand Jul mir.
„Hast du damals auch das Geflüster gehört auf dem Flur?“, fragte ich ihn.
Er nickte mir zu. Es klingelte zur Stunde und ohne ein weiteres Wort stand Jul auf und ging an seinen Platz. Die ganzen Stunden dachte ich über Juls Worte nach.
Könnte es wirklich sein, dass auch er ein Auserwählter ist?
Aber ich habe in meinen Träumen nichts von einem weißen Pferd gesehen.

Tobias fiel es schwer dem Unterricht zu folgen. Matthias fragte ihn alle gefühlten fünf Minuten, ob es ihm gut ging. Langsam ging ihm diese Fragerei auf die Nerven.
Er starrte auf die Zeichnung seines Hengstes. Sein Herz krampfte sich zusammen. *Wo bist du nur? Geht es dir gut? Warum kann ich nicht bei dir sein?*
Als er aufsah, konnte er einen Schatten an der Tür ausmachen. Er stupste Matthias an, der sich zu ihm drehte. „Siehst du den Schatten auch?“, fragte Tobias. Matthias sah zur Tür und sein Atem stockte. „Ja, ich sehe es auch.“
Stefan sah die beiden nur an und folgte deren Blicke. Auch er verkrampfte sich. *Wer ist da?*

18. Kapitel

Iran stand im Klassenzimmer. Er konnte genau erkennen, was in Tobias' Kopf vor sich ging. Er hörte seine Fragen, als würde er ihm die Fragen selbst stellen. Er hatte nicht gedacht, dass Tobias so feinfühlig war.
Er hatte seinen Hengst nur zu seiner Herde gebracht.
Ich muss sie heute Nacht wieder zusammenführen. Auch der Hengst schreit ständig nach ihm. Dann verschwand er wieder.
Die Jungs wandten sich wieder dem Unterricht zu. Wobei sie sich nicht richtig konzentrieren konnten.

Iran saß wieder auf Abendfeuers Rücken.
Sidra und Rohn saßen ebenfalls auf ihren Einhörnern und warteten schon auf Iran.
„Na, wie geht es ihm?", fragte Sidra.
Er wandte sein Einhorn zum Gehen ab. „Er hat dunkle Augenringe und kann dem Unterricht kaum folgen. Er macht sich Sorgen um den Hengst, den er letzte Nacht kennengelernt hat."
„Das ist doch ein gutes Zeichen", stellte Sidra erfreut fest.
„Ich glaube, sie sind bald so weit", sagte Rohn.
„Hast du Jul auch einen Besuch abgestattet?", fragte Iran.
„Ja, habe ich. Und auch er hat gestern seinem Hengst geholfen", sagte Rohn.
„Wer fehlt denn jetzt eigentlich noch?", fragte Iran.
„Dieses Mädchen in Telfs und der Cousin von den Zwillingen", antwortete Sidra.
„Dann sollten wir ihnen heute Nacht helfen. Damit wir weiter kommen", sagte Rohn.
Er drückt seine Schenkel sanft an Abendsterns Rumpf, der sofort zu traben anfing.
Abendsonne und Abendfeuer folgten ihnen, bis sie sich in den Himmel hinauf schwangen.

Tobias sah immer noch den Schatten vor sich. *Diese Gestalt hat mich gestern im Traum besucht.*
Plötzlich überflutete Tobias die Wut. *Wenn er dem Hengst irgendetwas angetan hat, dann schwöre ich bei Gott* ... Tobias' Gedanken wurden von einem Hieb in die Rippen unterbrochen.
„Was ist los mit dir? Du zerdrückst ja dein Brot", fragte ihn Matthias.
Tobias sah zu seiner Jause hinab, und tatsächlich war sie schon ziemlich flach gedrückt. Er legte sie zurück in die Jausenbox und verschloss diese.
„Hab keinen Hunger", antwortete er stattdessen.
Stefan und Matthias tauschten besorgte Blicke. Tobias hatte seine Augen auf seine Hände gerichtet.
Matthias spürte, dass Tobias' Gedanken weit weg waren. *Was er wohl geträumt hat?* Als sein Blick wieder auf Stefan fällt, ist auch er nicht wirklich hier.
Wie kann ich nur helfen?, fragte Matthias sich selbst.

Anstatt bei Ines und den anderen zu sein, hat mich Jul gebeten ihm Gesellschaft zu leisten. Wir unterhielten uns über alle möglichen Sachen, dabei fiel mir auf, dass wir gewisse Sachen gemeinsam hatten und uns sehr gut verstanden. Er brachte mich zum Lachen und zum Nachdenken.
„Was hast du eigentlich für ein Pferd gerettet?", fragte er wie aus der Pistole geschossen.
Woher weiß er etwas darüber? Als ob Jul Gedanken lesen konnte fügte er hinzu: „Sagen wir so, ich habe so ein Bauchgefühl, dass auch du ein Pferd gerettet hast."
„Eine Friesenstute habe ich gerettet", antwortete ich ihm vorsichtig.
Ohne den Blick abzuwenden nickte er nachdenklich.
Gerade klingelte es wieder zur Stunde. Ohne ein weiteres Wort gingen wir beide zurück in die Klasse und auf unsere Plätze.
„Seit wann bist du so scharf auf die Irina?", fragte Jojo ihn.
„Sie ist gar nicht so schlimm wie alle denken", verteidigte Jul mich.

Jojo schmunzelte ihn verschmitzt an. „Aber doch nicht so. Ich bin nicht in sie verliebt", sagte Jul sofort.
Jojo nickte nur, sagte aber kein Wort mehr.

Tobias vernahm die Glocke nur sehr schwach. Er wollte nicht zurück in das Klassenzimmer. Er wollte am liebsten in seinen Träumen nach diesem Hengst suchen. *Tobias, reiß dich zusammen. Du magst ja Pferde nicht mal*, rief er sich in seine Erinnerung zurück. Aber egal wie oft er sich das einredete, dieser Hengst wollte ihm nicht aus dem Kopf gehen. Diese Augen, die nach der Freiheit schrien. Die Muskeln unter diesem schönen, glänzenden, dunkelbraunen Fell, die sich beim Laufen fein anfühlen mussten.
Er konnte nicht mehr, egal wie sehr er es probierte, er hatte sich in den Hengst verliebt. Sein Herz schlug nur noch für ihn. *Ich werde dich heute Nacht finden und dann sind wir für immer vereint,* versprach er sich. Für den Bruchteil einer Sekunde konnte er den Hengst vor sich sehen, wie er nach ihm rief und auf seinen Hinterhufen aufstand. Aber so schnell das Bild auch gekommen war, so schnell war es wieder verschwunden.

Mir fiel es schwer mich auf den Unterricht zu konzentrieren. Ich war die ganze Zeit bei meinem letzten Traum, als ich auf der Friesenstute reiten durfte. Es war, als ob ich selber laufen konnte. Sie hatte meine Befehle sofort umgesetzt, ohne dass ich etwas machen musste.
Es war, als ob uns ein unsichtbares Band verband.
„Erde an Irina", wurde ich aus den Gedanken gerissen.
Ich riss meinen Kopf hoch und sah, dass meine Lehrerin mich ansah.
„Geht es dir gut habe ich gefragt?", fragte sie mich erneut.
Mit leiser, schwacher Stimme antwortete ich ihr: „Ja, warum?"
„Du siehst so blass aus und überhaupt nicht ausgeruht."
„Nein, alles bestens", versicherte ich ihr. „Gut. Dann konzentrier dich auch auf den Unterricht." Damit wandte sie sich zum Gehen. Ein paar Klassenkameraden kicherten.

„Dürfte ich bitte auf die Toilette gehen?“ Ohne auf eine Antwort zu warten ging ich einfach. Verdutzt sah mir die Lehrerin nach. Aber sie widmete sich wieder dem Unterricht.

„Dürfte ich mal auf die Toilette gehen?“, fragte Tobias. Matthias und Stefan sahen sich an.
„Ja, aber schnell“, sagte die Lehrerin zu ihm. Tobias stand auf und ging nach draußen.
Auf der Toilette angekommen stützte er sich am Waschbecken ab. Ihm war schlecht, er hatte furchtbare Kopfschmerzen.
Er wusste, er war krank. Seine Stirn war ganz warm. Der Schlafmangel zerrte an seinen Kräften. Plötzlich war ihm sogar schwindelig. Er wollte einfach nur nach Hause. Er suchte sich den Weg zum Lehrerzimmer.

Draußen vor der Tür atmete ich tief ein und aus, als ich am anderen Ende des Flurs etwas poltern hörte. Verdutzt ging ich ein paar Schritte dort hin, bis ich Tobias sah. Schnell wandte ich mich wieder zum Gehen. Als ich merkte, dass etwas nicht mit ihm stimmte, blieb ich stehen und sah ihn an.
Er stützte sich an der Wand ab und ging gebeugt. Selbst von weitem konnte ich erkennen, dass seine Stirn verschwitzt und seine Haut ziemlich blass war.
„Tobias, ist alles in Ordnung?“, wagte ich zu fragen. Er antwortete nicht.
Er ging mir entgegen, er fasste sich an die Stirn, dabei zitterte seine Hand heftig. Nun ging ich direkt auf ihn zu. „Hey, alles in Ordnung?“, fragte ich erneut. Er sah mich nicht einmal an, als würde ich gar nicht mit ihm reden.
Er ging auf die Knie und krümmte sich vor Schmerzen. Sofort war ich neben ihm und stützte ihn. Seine Stirn war schweißnass, seine Hände eiskalt. Ich berührte seine Stirn, die warm war.
Er hielt sich an meinem Arm fest und wollte wieder aufstehen.
„Stopp“, befahl ich ihm. Jetzt sah er mich an. In seinen Augen lag keine Verachtung. Er sah mich an, seine Augen stumpf, ohne jeden Glanz. „Erhol dich kurz. Wenn es dir besser geht,

versuchen wir es erneut", sagte ich zu ihm. Er nickte. Seine Augen waren die ganze Zeit auf den Boden gerichtet.

Sie machen sich bestimmt schon Sorgen.

Dann spürte ich, dass sich seine Hand kräftiger an meinen Arm klammerte.

„Fertig?", fragte ich ihn. Seine andere Hand klammerte sich an meinen anderen Arm. Er nickte.

„Eins, zwei und drei", langsam standen wir gemeinsam auf.

Als er auf seinen Beinen stand, atmete er schnell. Beruhigend strich ich ihm über den Rücken.

„Lass mich bitte mal los", bat er mich sanft.

Er ließ meinen Arm aus, aufrecht stehen konnte er schon mal. Nun versuchte er alleine zu laufen. Er verlagerte sein Gewicht auf den linken Fuß, hob den rechten hoch und platzierte ihn neben dem linken Fuß. Aber als er dann mit dem linken Fuß losgehen wollte, knickte er ein und fiel zu Boden. Ich konnte ihn gerade noch rechtzeitig auffangen.

„Danke", sagte er leise und schwach.

Er stand wieder auf, gegen die Wand gelehnt, den Kopf in den Nacken gelegt.

„Okay, so geht das nicht. Ich muss dich stützen."

Er sah mich bestürzt an. „Anders geht es nicht. Am Geländer kannst du dich dann selbstständig hinunter hieven."

„Also gut. Versuchen wir es", stimmte er mir zu.

Ich legte seinen rechten Arm über meine linke Schulter.

Er verlagerte das Gewicht auf mich und ließ die Wand los.

„Alles in Ordnung?", fragte ich. „Ja, alles gut."

Zusammen gingen wir Schritt für Schritt zur Stiege.

An der ersten Stufe angekommen lehnte ich ihn an der Wand wieder hin.

Er machte den ersten Versuch. Meine Hände um seine Taille, dass ich ihn, falls er wieder nieder ging, auffangen konnte.

Plötzlich spürte ich keinen Boden mehr unter meinem Bein.

Vor Schreck schrie ich kurz auf, kurze Zeit später schlug mein Kopf auf dem harten und kalten Boden auf. Das Bild von Tobias verschwamm kurz vor meinen Augen.

„Irina. Irina, bitte wach auf", hörte ich Tobias sagen.

Als ich meine Augen wieder aufmachen konnte sah ich, dass Tobias über mich gebeugt kniete. Seine Stirn schweißnass, seine Wangen noch blasser als vorher.
„Irina. Geht es dir gut?“, fragte er mich.
Ich rappelte mich auf und fasste an meinen Kopf: „Ja, geht schon.“
„Komm, wir müssen dich jetzt erst mal zu den Lehrern bringen.“
Langsam stand ich auf, und auch Tobias erhob sich wieder. Als beide Beine den Boden berührten drehte sich alles. Ich griff nach dem Geländer und klammerte mich fest.
Tobias griff an meine Schulter: „Geht es wirklich? Ich kann auch alleine gehen und Hilfe holen“, bot er an. Ich schüttelte den Kopf: „Nein, geht schon. Komm, die letzten Stufen schaffen wir auch noch.“
Er sah mich besorgt an, aber mischte sich nicht mehr ein.

19. Kapitel

Ungeduldig sah Matthias auf die Uhr. Mittlerweile waren es schon fünfzehn Minuten seit Tobias gegangen war.
Er sah zu Stefan, auch dieser starrte auf die Uhr.
Der Lehrerin ist noch nicht aufgefallen, dass einer ihrer Schüler fehlte. Matthias musste seine Wut unterdrücken, er ballte seine Hände zu Fäusten. Das erregte Stefans Aufmerksamkeit. Er beugte sich zu Matthias hinüber und legte sanft seine Hand auf eine Faust. Matthias sah zu ihm. Stefan schüttelte den Kopf. Matthias seufzte. Seine Hand schoss in die Höhe. Die Lehrerin unterbrach ihr Gerede: „Ja, bitte."
„Dürfte ich mal eben auf der Toilette nachschauen gehen, ob es Tobias gut geht?" Die Lehrerin wurde leicht blass im Gesicht, ihr war es unangenehm, dass ausgerechnet einem Schüler aufgefallen war, dass ein Mitschüler fehlte. Sie nickte und wandte sich wieder der Tafel zu. Matthias beugte sich zu Stefan: „Komm mit."
Er zog Stefan am Ärmel hoch und sah seinen Sitznachbarn an: „Keine Sorge. Ich sage ihr, dass dir schlecht geworden ist."
Ohne danke sagen zu können wurde Stefan aus dem Klassenzimmer gezerrt. Zusammen gingen sie auf die Toilette.
„Tobias?!", schrie Matthias. Aber er erhielt keine Antwort.
„Alle Kabinen sind leer", sagte Stefan.
Dann hörten sie neben sich noch jemanden rufen: „Irina?"
Sie gingen raus und sahen Jul vor der Mädchentoilette stehen.
Er ging langsam rein und öffnete jede Kabine.
Verdutzt ging er raus und sah Matthias und Stefan vor sich stehen.
„Hallo. Hast du Tobias gesehen?", fragte Matthias forsch.
Er hatte die Hände vor der Brust verschränkt.
„Nein. Aber ich suche Irina. Habt ihr sie gesehen?", fragte Jul schon etwas besorgt.
„Tz … Nein, zum Glück nicht", sagte Matthias herablassend.
Jul sah ihn böse an.
„Wir sollten zu den Lehrern gehen. Vielleicht geht es ihnen beiden nicht gut", sagte Stefan.

Endlich vor der Tür zum Lehrerzimmer angekommen, ließ ich Tobias wieder an die Wand lehnen. Ich klopfte drei Mal, dann hörte ich das Geklimpere von Stöckelschuhen hinter der Tür und ging einen Schritt zurück.
Frau Schönach öffnete die Tür, erstaunt, dass sie mich sah. „Irina, was machst du hier? Solltest du nicht im Unterricht sein?"
Dann fiel ihr Blick auf Tobias, der an der Wand lehnte.
„Bernhard. Komm bitte mal her und hilf mir."
Von hinten kam Her Wanner zu Frau Schönach. Er stellte sich neben sie: „Ja, bitte?" Dann fielen seine Augen auch auf Tobias. Herr Wanner stürzte zu ihm. Frau Schönach machte Platz, damit er Tobias in das Lehrerzimmer bringen konnte. Ich ging ihnen hinterher, damit Tobias nicht alleine war.
Herr Wanner legte Tobias auf die Couch. Frau Schönach fasste seine Stirn an. „Bringt mir mal bitte den Fiebermesser?"
Eine andere Lehrerin kam mit dem Fiebermesser. Tobias flüsterte etwas.
Herr Wanner beugte sich tiefer zu seinem Mund: „Irina. Ihr geht es nicht gut." Herr Wanner sah Frau Schönach an und dann mich. Frau Schönach folgte seinem Blick. Sie kam auf mich zu. Ich massierte mir den Kopf, die Kopfschmerzen wurden schlimmer.
„Alles in Ordnung?", fragte sie mich. Eine ihrer Hände lag auf meiner Schulter. Nun kamen auch noch der Schwindel und die Übelkeit ins Spiel, außerdem der stechende Schmerz in meinem rechten Fuß.
Bevor ich zusammensacken konnte, klammerte ich mich an ihre Hand.
„Wow. Okay, bringt mir ein paar Stühle mit Polster!", befahl Frau Schönach.

Sie legte mich behutsam auf die gepolsterten Stühle. „Was machen wir jetzt mit ihnen?", fragte Herr Wanner.
„Wir rufen die Frau Kutscher an. Und auch die Eltern von Irina", sagte Frau Schönach. „Meine Eltern sind arbeiten", sagte ich zu ihr.
Herr Prantl kam mit einem nassen Handtuch wieder zurück. Er legt es behutsam auf Tobias' Stirn. Als das Tuch Tobias' heiße

Stirn berührte, entspannte sich sein ganzes Gesicht. Als ich ihn so da liegen sah, schob ich meine Schmerzen beiseite. *Er braucht mich.* Langsam hievte ich mich auf und krabbelte hinüber zu ihm.
„Du solltest dich besser hinlegen“, riet Herr Wanner mir.
Aber ich hörte nicht auf ihn. Ich nahm Tobias’ Hand und strich beruhigend darüber. Seine Augen blieben geschlossen.
„Was ist überhaupt geschehen?“, fragte Frau Schönach mich.
„Ich wollte gerade auf die Toilette gehen, als ich ihn aus der Jungstoilette gehen sah. Er ging gekrümmt und klammerte sich an der Wand fest. Als ich auf ihn zukam, konnte ich ihn noch halten, bevor er in die Knie ging.“ Das Sprechen wurde anstrengend mit den Kopfschmerzen. Ich musste mir die Schläfen massieren.
„Ich stützte ihn zur Stiege. Aber ich habe die letzte übersehen und schlug auf dem Boden auf.“
Frau Schönach hörte mir aufmerksam zu, so wie alle anderen Lehrer.
„Hallo“, sagte eine besorgte Stimme.
Ich drehte mich zur Tür um und da stand sie, Silvia Kutscher.
„Hallo, Frau Kutscher. Dein Sohn hat Fieber. Er ist sehr krank“, erklärte Herr Wanner.
„Warum bist du nicht zuhause geblieben?“, fragte sie ihn.
Sie kniete sich zu ihm nieder und strich über seine Stirn.
Er drehte den Kopf zu seiner Mutter: „Mir ging es noch gut in der Früh.“ Sie richtete sich wieder auf. „Danke.“ Frau Schönach machte eine abwertende Bewegung: „Bedanke dich nicht bei mir, sondern bei ihr.“ Frau Schönach und Frau Kutscher sahen mich an.

Ich hatte mich wieder auf die Stühle gesellt und hielt meinen schmerzenden Kopf. Dann klopfte es erneut an der Tür.
Herr Prantl ging zur Tür und ließ Stefan und Tobias eintreten.
„Mutter? Ist etwas passiert?“, fragte Matthias überrascht.
Dann sah er Tobias. Sofort stürzte er zu ihm. Stefan blieb angewurzelt stehen, er starrte zu seinen Cousins.
„Tobias, was ist mit dir?“, fragte Matthias besorgt.
„Keine Sorge, Bruderherz“, versicherte Tobias mit schwacher Stimme.

„Tobias, wir sollten gehen. Meinst du, du schaffst die Autofahrt zum Arzt?“, fragte Silvia ihn. Er nickte schwach. Matthias half ihm auf. Mein Herz wurde warm, als ich die beiden so beieinander sah. Traurig blickte ich zu Boden und stand auf.
Als ich meinen rechten Fuß absetzte, durchzuckte mich ein Schmerz, der mich fasst aufschreien ließ. Ich schlug mir auf den Mund. Stefan, der Matthias helfen wollte Tobias zu stützen, drehte sich blitzschnell um und hielt mich fest, half mir wieder zurück auf den Stuhl. Ich griff zu meinem Knöchel und massierte ihn.
„Irina hat ihn von der Toilette rausgehen gesehen, gekrümmt und an die Wand gelehnt. Sie half ihm runter, hat dabei die letzte Stufe übersehen und ist runtergefallen. Sie hätte sich alles Mögliche brechen können“, erzählte Frau Schönach.
Alle sahen mich an. „Ach was, ich habe nur geholfen bevor etwas passiert ist“, winkte ich ab. Mein Kopf pochte als ich wieder aufsah.
Dabei drehten sich alle wie Wellen hin und her. Ich klammerte mich an die Stuhllehne.
„Du hattest Glück“, sagte Herr Wanner. „Du hättest dir das Genick brechen können. Du könntest genauso gut tot sein!“
Silvia kam auf mich zu. „Ich fahre dich zum Arzt. Der sollte sich das anschauen.“
„Nein, geht schon“, wollte ich ablehnen. Ihre Hand ruhte auf meinem Schoß: „Bitte. Das ist das Wenigste, was ich für dich tun kann. Du hast meinem Sohn geholfen und dich dabei verletzt.“ Meine Wangen wurden heiß. So sehr ich Ärzte nicht ausstehen konnte, wusste ich, dass ich Hilfe brauchte. Und gehen konnte ich nicht.
„Na gut.“
Ihre Augen blitzten auf. Tobias beobachtete mich, während ich vorsichtig aufstand. „Stefan, hilfst du ihr bitte?“, fragte Silvia ihn
Er sah mir lange und tief in die Augen. Da konnte ich etwas erkennen, Dankbarkeit. „Na klar.“ Als er meinen Arm nahm und mich so stützte, schlug mein Herz so laut, dass ich glaubte jeder könnte es hören.
Was habe ich euch nur angetan?
Matthias stützte Tobias so gut es ging.

Silvia half Matthias. „Normalerweise dürfte Irina nicht mit dir gehen. Aber ich mache eine Ausnahme, weil es ihr wirklich schlecht geht“, sagte Frau Schönach zu Silvia.
„Ich hole euch eure Sachen“, bot Herr Prantl an.
Stehen war noch schlimmer als sitzen, stellte ich gerade fest. Alles drehte sich, mein Hals fühlte sich wie zugeschnürt an und mein Fuß fühlte sich schwach an. Ich klammerte mich an Stefans T-Shirt, irgendwie spürte ich, wie er mich an sich drückte.
„Ich lasse dich nicht los“, sagte er unerwartet. Bei diesem Satz wurde mir warm ums Herz. Meine Liebe zu ihm wurde größer.
Herr Prantl kam mit Tobias’ und meinen Sachen.
Ich wollte nach meiner Tasche greifen, da hat Stefan sie mir schon vor der Nase weggeschnappt. Ich sah zu ihm auf, dabei überkam mich erneut ein Schwindelgefühl.
Ich wankte nach hinten. Hätte Herr Prantl nicht reagiert, würde ich jetzt erneut am Boden liegen.
Schnell klammerte sich Stefan an mich.
„Hast du sie?“, fragte Herr Prantl Stefan.
Ich atme seinen Duft ein. „Ja, ich habe sie“, versicherte er dem Lehrer.
Er packte meinen Arm zu seiner Schulter hinauf und stützte mich so gut er konnte.
„Komm, wir gehen“, sagte er.
Den rechten Fuß konnte ich nicht wirklich auf den Boden stellen, und bei jedem Auftreten des linken Fußes wurde mir schlecht.
„Wie ist das passiert?“, fragte Stefan mich plötzlich.
„Ich habe die letzte Stufe übersehen. Dabei bin ich am Boden aufgeschlagen und mein Fuß muss an der Kante irgendwie blöd aufgekommen sein“, versuchte ich ihm zu erzählen.
Je schlimmer die Schmerzen wurden, desto unkonzentrierter wurde ich. Kurz vor der Ohnmacht. Stefan musste das gemerkt haben, denn er rüttelte mich an der Schulter.
„Wach bleiben, Irina. Du hast es gleich geschafft“, sagte er zu mir.
Verschwommen konnte ich das Auto wahrnehmen.
Ich drehte mich um. Tobias sah nicht besser aus. Sie mussten anhalten. Tobias beugte sich nach vorne und rang nach Atem.

„Warte“, hauchte ich zu Stefan. Er blieb stehen und sah mich verdutzt an. „Ich muss zu ihm“, sagte ich nun kräftiger. Er ließ mich los, ich humpelte zu Tobias.
Silvia strich ihm über den Rücken, so wie ich es getan habe. Ich vergaß meine Schmerzen und konnte wieder deutlicher sehen. Stefan ging hinter mir her, falls ich stolpern sollte. Ich blieb vor Tobias stehen, er sah auf. Seine Augen sahen mich schmerzerfüllt an. Er ging in die Knie. Matthias und Silvia waren nicht darauf gefasst. Ich packte ihn an den Ärmeln seines T-Shirts und ging mit ihm auf die Knie.
Stefan wollte mich auffangen, aber in der Bewegung hielt er inne. Tobias klammerte sich wieder an meine Hände. Er zitterte leicht. Ich legte meine Stirn an seine und schloss die Augen.
Er atmete schnell und kurz.
„Lausche meiner Atmung. Spüre meine Atmung. Sei die Atmung.“
Man konnte sehen, dass Tobias allmählich ruhiger wurde.
Silvia, Matthias und Stefan standen da und starrten auf uns herab. Tobias und ich öffneten gleichzeitig die Augen. „Geht's wieder?“, fragte ich.
Er nickte. „Wenn du bereit bist, stehen wir gemeinsam wieder auf. Klar?“ Er nickte wieder und sah erneut zu Boden. Ein, zwei gefühlte Minuten verstrichen, bis ich die Stärke in seinen Händen wieder merkte. Er klammerte sich an meinen Unterarm. Ich nickte und er nickte. Gemeinsam standen wir auf.
Schritt für Schritt gingen wir an Silvia und Matthias vorbei. Stefan stützte uns beide von hinten und machte die Tür hinter dem Beifahrersitz auf. Stefan half Tobias ins Auto und schnallte ihn an.
Bevor ich weggehen konnte, nahm Tobias noch einmal meine Hand: „Bitte, setz dich neben mich.“
Ich sah zu Silvia, die nickte. „Ich setze mich neben dich.“
Erleichtert ließ er los und legte den Kopf an die Kopfstütze.
Leise schloss Stefan die Türe. Er sah mich mit einem Blick an, den ich nicht deuten konnte.
Lange starrten wir uns in die Augen. *Was war das gerade?*
Ich ließ von ihm ab und ging ums Auto herum.
Hinter dem Kofferraum lehnte ich mich ans Auto.

Ich war ausgelaugt, außerdem hatte ich furchtbare Kopfschmerzen und mein Fuß fing wieder an zu pochen.
Ich konnte eine starke Hand an meiner Schulter spüren, die mich vorsichtig umdrehte.
Er stand schon wieder hinter mir, mein Liebling. Er nahm mich in seine Arme, sein Blick war verständnisvoll.
Seine kräftige Hand strich über meine Haare. Diese Bewegung war so beruhigend, dass ich meine Schmerzen wieder vergessen konnte.

„Und wir sollen auch wirklich nicht mit?“, fragte Matthias seine Mutter.
„Nein, ihr werdet nicht dürfen. Außerdem sind die Ärzte im Krankenhaus da für mich und helfen mir, wenn es nötig wäre.“
Traurig blickte Matthias zu Boden. „Ich werde dir Bescheid geben, was mit ihm los ist.“ Sie wollten gerade ums Auto herum gehen, als sie mich in Stefans Armen sahen.
Silvia ging weiter zur Fahrertüre und stieg ein. Matthias blieb verblüfft stehen. *Was ist das für ein Gefühl, das mein Herz umgibt?*
Stefan und ich lösten uns aus der Umarmung.
Als ich Matthias erblickte wurde ich rot im Gesicht und auch Stefan war es etwas peinlich. Was Matthias jetzt nur tun konnte war, auf mich zugehen und mich in den Arm nehmen. *Sie hat meinem Bruder geholfen,* sagte er zu sich selbst. Er drückte mich an sich: „Danke“, hauchte er.
Er ließ mich kurz darauf los und half mir ins Auto. Matthias empfand dieses Gefühl von Abschaum überhaupt nicht mehr, sondern einfach nur Dankbarkeit. *Tobias hätte wer weiß was passieren können, und sie hat der große Herr und Meister geschickt.*

Als ich angeschnallt im Auto hockte, startete Silvia den Wagen. Tobias' Hand wanderte zu meiner Hand. Ich bot sie ihm an, aber er zögerte.
Als er seine Hand dann doch in meine sinken ließ. Mein Herz wurde groß. Ich konnte mein glückliches Gesicht nicht verbergen.

Tobias lehnte seinen Kopf wieder an die Stütze mit geschlossenen Augen.
Silvias Blick traf mich. Sie nickte bloß, Worte waren keine nötig. Ich konnte in ihren Augen erkennen wie dankbar sie mir war.

Matthias sah lange dem wegfahrenden Auto hinterher.
Es war, als ob ihm ein Teil seines Körpers fehlte. Tobias war alles für ihn.
Genau sowie Stefan für ihn alles war. Stefan senkte seine Hand auf Matthias' Schulter.
„Komm, wir müssen zurück." Sanft zog Stefan ihn mit sich zurück zur Schule.
„Meinst du er wird wieder?", fragte Matthias. „Klar wird er wieder. Er hat bestimmt nur die Grippe."
„Und Irina?" Stefan blieb wie angewurzelt stehen. Er erinnerte sich an die Umarmung.
„Hör zu, ich weiß nicht, warum ich das getan habe. Aber ich wollte es. Tobias hätte sich verletzen können. Sie hat sich verletzt, um Tobias sicher zu den Lehrern zu bringen. Sie hätte sich das Genick brechen können bei dem Aufprall."
Matthias hörte aufmerksam zu: „Du hast ja Recht."
Stefan hielt inne und sah Matthias an: „Ich stehe in ihrer Schuld und werde sie von nun an besser behandeln." Stefan nickte ihm aufmunternd zu. Zusammen gingen sie zurück in die Schule.

20. Kapitel

Jemand rüttelte mich. Ich schlug meine Augen auf und sah in klare blaue Augen. Zuerst kannte ich mich nicht aus, bis sich mein Kopf wieder bemerkbar machte. Ich erinnerte mich an den Sturz und warum es passiert war.
Tobias neben mir regte sich auch. Seine Stirn war von Schweißperlen bedeckt und seine Hand ganz schweißnass.
„Tobias, komm, wir sind da", sagte Silvia zu ihm. Er stöhnte vor Schmerzen.
Ich schnallte mich ab, stieg aus und machte die Autotür zu.
Ich humpelte um das Auto herum zu Silvia. Sie machte mir Platz, damit ich zu Tobias konnte. Ich krallte mich um ihn herum zum Gurt. Er gab wieder einen Laut von sich: „Komm, Tobias. Wir sind am Krankenhaus angekommen. Die helfen dir."
„Und dir", kam schwach von ihm. „Ja, und mir", gab ich ihm Recht.
Als der Gurt gelöst war, rappelte er sich aus dem Auto.
Ich legte seinen rechten Arm um meine Schulter und stützte ihn so.
Silvia machte hinter ihm die Tür zu und versperrte das Auto.
„Du solltest deinem Fuß nicht solche Belastungen zutrauen. Er sollte sich schonen", riet Silvia mir. Aber ich hörte nicht zu.
Im Krankenhaus angekommen dauerte es nicht lange und eine Krankenschwester kam mit einem Rollstuhl zu uns. Ich setzte Tobias behutsam hinein.
„Hallo. Wir kümmern uns um ihn", sagte die Schwester und fuhr mit ihm schon weg. Da klingelte Silvias Handy. Ich sah der Schwester hinterher, als eine zweite zu uns kam. „Hallo. Brauchen Sie auch Hilfe?", und deutete auf meinen Fuß, den ich nicht ganz belastete.
Ich wandte meinen Blick zu ihr. „Ich habe die letzte Stufe übersehen und bin dabei hart auf den Boden aufgeschlagen. Ich vermute, dass ich mir an der Kante meinen Knöchel verstaucht habe."

Die Schwester beugte sich hinab. Silvia klopfte an meine Schulter. Ich drehte mich um. „Deine Mutter." Ich nahm ihr Telefon in die Hand.
„Hallo Mama", sagte ich.
„Hallo mein Schatz. Ich habe gehört was passiert ist. Und dass du jetzt mit Silvia im Krankenhaus bist."
„Sind Sie ihre Mutter?", fragte die Schwester.
„Nein, das bin ich nicht. Sie müssen wissen, dass sie meinem Sohn geholfen hat, als er diesen Schwächeanfall hatte. Beim Stiegenabgang hat sie die letzte Stufe übersehen, ist hart mit dem Kopf aufgeschlagen und hat sich dabei am Knöchel verletzt", erklärte Silvia der Schwester.
„Tut mir leid, aber ohne einen Elternteil darf ich sie unter achtzehn Jahren nicht behandeln." Ich nahm den Hörer von meinem Ohr. „Meine Mama ist jetzt am Telefon. Geht das?", fragte ich höflich.
Die Schwester nickte. Ich nahm den Hörer wieder an mein Ohr: „Mama, die Schwester darf mich ohne einen Elternteil nicht untersuchen, aber wenn du kurz mit ihr reden könntest?"
Ich gab der Schwester das Handy und sie ging kurz weg.
Inzwischen setzten wir uns hin und warteten.
Kurze Zeit später kam die Schwester mit dem Handy zurück.
„Ich habe deine Daten schon. Bitte noch kurz warten. Ich werde euch holen." „Danke", sagte Silvia. Ich nickte ihr zu.
Mir war es unangenehm mit Silvia im Krankenhaus zu sitzen.
„Frau Vonstadl bitte", wurde ich aufgerufen.
Silvia bot mir ihre Hand an und half mir ins Behandlungszimmer.

Matthias und Stefan konnten sich nicht mehr konzentrieren.
Wie es wohl Tobias gerade geht?, fragte sich Matthias.
Er starrte Tobias' Skizze an und konnte den Hengst erkennen.
Stefan, der neben ihm saß, wusste auch um welchen Hengst es sich handelte.
„Dieser Hengst ist auch bei der Herde dabei", flüsterte Stefan zu ihm hinüber. Matthias nickte, gefesselt von dem Bild.

„Dieser Hengst strahlt genau das Gleiche aus wie Tobias. Diese Stärke unter den Muskeln und eine starke Hinterhand“, träumte Matthias.
Stefan legte seine Skizze und die von Matthias jeweils links und rechts.
„Sie sind gleich wie wir. Sie spiegeln uns.“

Auch Jul konnte sich überhaupt nicht konzentrieren. Als er gehört hatte, was mit Irina passiert war und dass sie Tobias dabei geholfen hat, dass er am Lehrerzimmer ankam, war er mit seinen Gedanken nur bei den beiden.
„Hey, was ist los mit dir?“, fragte Jojo ihn.
„Ich mache mir Sorgen um Irina. Ich hoffe es geht ihr gut“, sagte Jul.
„Du kannst sagen was du willst, aber du hast dich vollkommen verändert. Du machst dir plötzlich Sorgen um sie. Du redest mit ihr und lachst mit ihr.“
Jul unterbrach ihn wütend: „Was ist so falsch daran? Vielleicht habe ich meine Meinung ihr gegenüber geändert. Was zählt ist, dass ich sie nett finde.“ Etwas verärgert wandte sich Jojo wieder dem Unterricht zu.
Jul starrte auf sein leeres Blatt Papier, bis er es nicht mehr aushalten konnte. Er packte einfach seine Sachen zusammen. „Julian, was wird das?“, ertönte die scharfe Stimme der Lehrerin.
„Mir geht es nicht so sonderlich. Ich muss hier raus“, ohne die Lehrerin anzublicken packte er weiter ein.
Mit der Schultasche auf der Schulter ging er aus dem Klassenzimmer, zog sich um und ging ohne weiteres einfach aus der Schule.
Die Lehrerin sah ihm verdutzt hinterher. Sie wusste keine Worte.
„Das wird ein Nachspiel haben“, sagte die Lehrerin wütend.
Sie ging ohne Worte raus aus dem Klassenzimmer, Richtung Lehrerzimmer.
Nach zehn Minuten kam sie in die Klasse zurück und fuhr mit ihrem Unterricht fort.

„Wir können einen Bruch ausschließen." Zu meiner Erleichterung atmete ich aus und lachte in Silvias Gesicht.
„Aber dein Knöchel ist etwas angesplittert. Das heißt, dass dein Knöchel geschont werden muss und keinen schlimmen Belas tungen mehr unterzogen werden darf. Turnen ist für dich gestrichen. So wie jede andere Sportart." Der Arzt sah mich forsch unter der Brille an. Ich nickte.
„Hast du Kopfschmerzen?", fragte er weiter. „Etwas ja. Aber die sind schon wieder besser geworden."
„Das ist normal. Bei diesem Aufprall hast du dir eine Gehirnerschütterung zugezogen. In ein paar Tagen sollte diese aber abgeklungen sein."
„Wie geht es meinem Sohn?", fragte Silvia besorgt. Der Arzt wandte sich ihr zu.
„Ihrem Sohn geht es besser. Er bekam eine Infusion, die ihn wieder auf die Höhe brachte. Er sollte sich aber noch für mindestens zwei Tage auskurieren. Danach sollte er langsam anfangen wieder lange Strecken zu gehen."
„Es war doch nur eine Grippe?", verblüfft sah Silvia den Arzt an.
„Er hatte noch eine Infektion, die auf Schlafmangel hindeutet. Dadurch ist sein Körper so ausgelaugt, dass er krank wurde", erklärte der Arzt.
Ich wusste, womit das zusammenhing.
Der Arzt sah mich an: „Wussten Sie etwas davon?" Auch Silvia drehte sich zu mir um. Ihr Blick verriet viel. Ich schüttelte den Kopf: „Nein. Tut mir leid. Ich weiß nichts davon."
„Sag uns die Wahrheit. Auch du leidest an Schlafmangel", sagte der Arzt zu mir.
„Ich habe momentan viel für die Schule zu tun und das stresst mich. Vielleicht hat Tobias das auch", log ich hervor.
Der Arzt nickte nur und ging dann wieder aus dem Zimmer.
„Ihr könnt ihn besuchen, wenn ihr wollt."
Silvia und ich waren Feuer und Flamme dafür, Tobias zu besuchen.
Als wir in sein Zimmer kamen, saß er schon aufrecht im Bett. Die Schwester entfernte gerade den Zugang an seinem Handrücken.

„Besuch für dich, Tobias", sagte der Arzt. „Mutter", strahlte Tobias.
Er rutschte von der Trage und umarmte seine Mutter. Von etwas weiter hinten sah ich ihnen zu. *Zur richtigen Zeit am richtigen Ort.*

Matthias' Handy vibrierte unter dem Tisch. Vorsichtig sah er darauf.
Dann beugte er sich zu Stefan hinüber: „Gute Nachrichten. Tobias ist wieder etwas fitter, aber er wird noch ein paar Tage zuhause bleiben müssen. Und Irinas Bein ist nur angestaucht, also kein Bruch."
„Das freut mich zu hören."
„Matthias Kutscher. Was versteckt ihr da unter dem Tisch?"
Matthias hatte sich so erschrocken, dass ihm das Handy aus der Hand gefallen ist. Er bückte sich schnell, aber die Lehrerin war schneller.
„Handy in der Schule ist verboten", sagte sie scharf.
Beschämt sah er auf seine Hände: „Tut mir leid, aber ich habe es an gelassen, damit meine Mutter mich über meinen Bruder informieren kann." Der Blick der Lehrerin wurde weicher und sie hielt Matthias das Handy hin.
Matthias sah verblüfft auf. „Und, wie geht es ihm?"
„Er wird wieder", sagte er. „Na, dann sind wir alle beruhigt. Aber jetzt bitte weg damit."
Matthias nickte eifrig und steckte es in den Rucksack.

Silvia erledigte den Papierkram und ließ Tobias und mich zurück. Eine beschämende Stille lag zwischen uns.
Ich hielt mir den Kopf und schluckte meine Übelkeit hinunter. Tobias beugte sich zu mir rüber: „Geht's?" Ich sah ihn an und lächelte qualvoll: „Ja, es geht schon."
Gerade kam Silvia wieder. „Komm, wir bringen dich jetzt nach Hause. Zuhause ruhst du dich aus. Ich habe eine Krankschreibung machen lassen, die dich die restliche Woche vom Unterricht befreit."

„Ist gut." Ich stand auf, aber da überwältigte mich ein Schwindelanfall und ich sank zurück in den Stuhl. „Okay, ich brauche Hilfe. Ich kann sonst nicht mehr laufen."
Silvia auf einer Seite und Tobias auf der anderen Seite, brachten sie mich zum Auto.
Als ich im Auto saß, musste ich mich hinlegen. Ich fühlte wie meine Stirn heiß und nass war. Meine Finger sowie meine Nasenspitze waren aber eiskalt. Mein Bein war warm und pochte und auch mein Kopf sagte mir, dass er immer noch da war.
„Wie geht es dir, Tobias?", fragte Silvia ihn.
„Keine Sorge, Mutter. Etwas erschöpft, aber schon viel besser."
Er setzte sich vorne auf den Beifahrersitz, damit ich liegen bleiben konnte.

Endlich zuhause angekommen half meine Mutter mir hinein zu gelangen.
Ich sank auf die Couch und zitterte.
Silvia und Tobias verabschiedeten sich von mir, was ich alles nur vage mitbekam. „Danke, dass ihr meiner Tochter geholfen habt", konnte ich von meiner Mutter hören.
„Nichts zu danken. Sie half meinem Sohn", sagte Silvia. Ihr Blick ruhte auf mir.
Dann sank ich in einen unruhigen Schlaf.

Bei Tobias zuhause angekommen erwartete Matthias die beiden bereits sehnsüchtig.
Als sie zur Tür hineinkamen stürzte sich Matthias sofort auf Tobias.
„Tobias! Wie geht es dir?"
„Etwas müde. Aber sonst alles prima."
Aus der Küche kam Stefan, der beide von hinten umarmte.
Silvia ging in die Küche.
Matthias und Stefan brachten Tobias rauf ins Bett.
„Was hat der Arzt gesagt?", fragte Matthias neugierig.
„Nur, dass ich einen Infekt habe und mich auskurieren soll. Bin die restliche Woche krankgeschrieben."

„Gut. Dann solltest du dich jetzt ausruhen. Komm, Matthias."
„Ruf, wenn du was brauchst", sagte Matthias noch, bevor sie beide wieder gingen.

In der Stille starrte Tobias die Decke an und dachte an seinen prachtvollen Hengst, bis er friedlich einschlief.

Vogelgezwitscher. Etwas kitzelte ihn in der Nase.
Auf einer grünen Wiese erwachte er wieder. Er erschrak: „Bin ich tot?"
„Nein", sagte eine Stimme hinter ihm.
Er drehte sich um, hinter ihm eine Gestalt mit einem schwarzen Umhang, wie der Tod höchstpersönlich.
„Ich habe mir Sorgen gemacht. Ich habe dich nicht mehr gespürt."
Tobias wurde wütend: „Kein Wunder, durch die schlimmen Alpträume der letzten Zeit wurde ich krank, sodass ich ins Krankenhaus musste!
Der Schlafmangel hat mich so ausgelaugt, dass meine Abwehrkräfte gesunken sind. Und dann auch noch die Sorge um MEINEN HENGST!"
Die Person stand still vor ihm. Er machte einen Schritt auf die Seite und da kam sein Hengst auf ihn zu.
Tobias blieb die Luft weg. „Da bist du ja", staunte Tobias.
Sanft schnaubte der Hengst durch die Nüstern aus. Er senkte den Kopf, pflückte sich einen Grashalm, dann erkannte er Tobias.
Ein leises, herzliches Wiehern drang aus seiner Kehle.
Tobias ging vorsichtig auf ihn zu, mit ausgestreckter Hand.
Der Hengst kam freudig auf ihn zu. Rieb seinen Kopf an Tobias' Hand.
„Er war die ganze Zeit hier und hat auf dich gewartet", sagte die Gestalt mit dem schwarzen Umhang.
Tobias wanderte zur Schulter des Hengstes, wie gerne würde er sich jetzt raufschwingen und über die Wiese fliegen.
Die Muskeln unter diesem Fell waren hart und geschmeidig.
Das Fell glänzte im Sonnenlicht.
„Komm, ich zeig dir seine Herde", und schon ging die Gestalt.
„Wie heißt du?", fragte Tobias, als er ihm nacheilte.

Der Mann überlegte kurz, dann sagte er: „Mein Name ist Iran. Ich bin ein Hüter der Geheimnisse."
„Ein Hüter der Geheimnisse? Was bedeutet das?", fragte Tobias, während er dem Hengst zuschaute wie er ihm folgte.
„Das erkläre ich dir, wenn du so weit bist."
„Wofür muss ich so weit sein? Klär mich bitte mal auf", flehte Tobias ihn an.
„Das geht nicht. Noch nicht", sagte Iran.
Den Rest des Weges schwiegen beide. „So, hier sind wir."
Unter einem Hügel standen vier weitere große Pferde. Alle mit einem atemberaubendem, gutaussehendem Körper sowie Fellglanz.
Tobias' Hengst blieb neben ihm stehen, sah hinab, stampfte mit dem Vorderhuf auf, bis er hinunter wieherte.
Jedes einzelne Tier hob den Kopf und antwortete. Der Hengst schwang den Kopf zu Tobias, als ob er ihm erlaubte hinunter zu gehen.
Tobias ging den Hügel hinab, der Hengst stets an seiner Seite.
„Darf ich vorstellen, der Leithengst dieser Herde. Er hat neben der Leitstute das Sagen, wo die Herde entlang zu gehen hat. Und beschützt die Herde von hinten", stellte Iran den prachtvollen Friesenhengst vor.
„Diese beiden Hengste dürfen ein Teil seiner Herde sein. Und diese Stute fühlt sich wie die Königin, von den Hengsten beschützt." Die Stute, die Iran meinte, schnaubte durch die Nüstern und ging beleidigt davon.
Dann ertönte von oben ein helles, warmes Wiehern. Iran und Tobias hoben die Köpfe. Ein weiteres, schwarzes Pferd kam den Hügel hinab getrabt.
Der Gang geschmeidig und federnd, die gelockte Mähne leicht im Wind flatternd, den Kopf hoch erhoben.
Kurz vor Tobias blieb es stehen und hauchte ihren warmen Duft in sein Gesicht. „Und das ist die Leitstute dieser Herde. Alle folgen ihrem Kommando." Iran ging um die Stute herum. Seine Hand an ihrem Körper.
Tobias starrte in die wunderschönen braunen Augen: „Blas ihr zurück. Das war ein Willkommensgruß unter Pferden." Tobias

tat was Iran von ihm verlangte. Die Stute schlug mit dem Kopf und schnaubte ihn an.
„Igitt“, schrie Tobias. Iran musste lachen: „Sie hat dich gern.“
„Na, da bin ich froh“, sagte Tobias. Die Leitstute und Tobias’ Hengst steckten die Köpfe zusammen. Bis die Stute einen Quietscher von sich gab, sofort kam der Leithengst angetrabt und wollte nach ihm schnappen.
Iran zog Tobias etwas weg vom Getümmel. „Was macht der Leithengst da?“, fragte Tobias etwas sauer.
„Der Leithengst verteidigt nur sein Revier. Wenn ein anderer das nicht akzeptiert, dann bekommt er es mit dem Chef zu tun“, erklärte Iran.
Iran sah hinauf in den Himmel: „Schon so spät. Ich muss los. Aber wir sehen uns bald wieder.“ Dann verschwand er. „Warte!“, schrie Tobias.
Doch es war zu spät, die Dunkelheit verschluckte ihn, bis er wieder im Bett aufwachte.

Er sah auf die Uhr, vier Uhr morgens. Er fühlte sich ausgeruht und wieder kräftiger als am Vortag. Er drehte sich auf die Seite und schloss erneut die Augen, sein Mund von einem breiten Lächeln bedeckt.

21. Kapitel

Am Abend half mir Mama ins Bett und kümmerte sich liebevoll um mich. Sie rieb meinen Knöchel mit einer Salbe ein, wickelte meinen Fuß in eine Bandage und blieb am Bettrand bis ich einschlief.
Als ich nach ein paar Stunden aufwachte, stand auf dem Regal über meinem Bett ein Glas Wasser mit Aspirin darin. Schluck für Schluck trank ich es, nach ein paar Schlückchen spürte ich, wie es mir gut tat.
Ich hatte einen unruhigen Schlaf. Ich hörte, wie meine Stute ständig nach mir rief, aber ich erreichte sie nicht, nicht mit meinem verletzten Fuß und den sagenhaften Kopfschmerzen.
Gerade wollte ich aufstehen um aufs Klo zu gehen, als mich ein Schmerz durchzuckte, vom Fuß bis zum Kopf.
Ich humpelte zum Klo und wieder zurück ins Bett.
Ich kuschelte mich unter die Bettdecke, aber diesmal dauerte es lange bis ich einschlief.

Dunkel. Kein Licht. Keine schöne Wiese mit Hufgetrappel.
Dann konnte ich weit entfernt von mir ein Wiehern hören.
Doch nichts sehen. Auch in meinem Traum meldete sich mein Fuß, aber zum Glück nicht mein Kopf.
„Ich habe mir Sorgen um dich gemacht“, kam die tiefe, angenehme Stimme. Mit einem breiten Grinsen drehte ich mich um.
Da stand er. Mit seinem Umhang, der bis zum Boden reichte und sein Gesicht verdeckte.
„Schön, dich zu sehen“, antwortete ich. Dabei belastete ich den Fuß nicht richtig.
Er machte eine Handbewegung und da tauchte die Wiese auf.
Ich sah mich um und hoffte auf jemanden. Und da kam sie. Von weiter hinten kam meine Stute auf mich zu gelaufen.
Der Kopf hoch oben, die gelockte Mähne sowie der Schweif flatternd im Gegenwind, die Hufe berührten kaum den Boden.

Sie wurde langsamer, bis sie endgültig vor mir stehen blieb, und ihren Kopf an meinem Körper rieb.
Sie senkte den Kopf und roch an meinem verletzten Bein. Auch der Mann kniete sich nun nieder: „Das ist nichts. Gegen Ende der Woche sollte ich wieder normal laufen können."
„Das schmerzt bestimmt tierisch." Seine Hand ruhte auf meinem Knöchel, der Sekunden später angenehm warm wurde. Nach ein paar weiteren Sekunden nahm er die Hand weg und richtete sich wieder auf. Die Stute senkte den Kopf, roch daran, schlug den Kopf in die Höhe und stampfte mit dem Vorderhuf auf.
Der Mann lachte kurz: „In ein paar Tagen sollte der Fuß wieder vollkommen belastbar sein."
„Danke. Aber sag mir wie du heißt."
Der Mann überlegte kurz: „Mein Name ist Rohn."
„Ein schöner Name", sagte ich.
„Komm, reiten wir ein bisschen die Felder entlang", schlug er vor. Er half mir auf die Stute rauf. Sein Einhorn erschien plötzlich neben ihm. Mit Leichtigkeit schwang er sich darauf. Beide gingen nebeneinander her. Das goldene Horn glitzerte in der Sonne. Ich fühlte, dass ihn etwas bedrückte, auch wenn ich sein Gesicht nicht sehen konnte.
„Willst du mir deine Sorgen erzählen?", fragte ich ihn.
„Danke, aber mit denen muss ich selbst fertig werden."
Meine Stute trabte vor seinem Einhorn und blieb angewurzelt stehen: „Komm schon. Es gibt einen Grund, warum ich in meinen Träumen auf meiner Traumstute sitze. Es gibt auch einen Grund für all diese Träume, die ich ständig habe. Und mein Bauchgefühl sagt mir, dass deine Sorgen etwas damit zu tun haben."
Er schwieg lange Zeit, bis er seine Hände an die Kapuze nahm und sein Gesicht entblößte.
Er hatte ein rundes Gesicht mit braun gewellten Haaren und braunen Augen. In seinen Augen lag so viel Weisheit, aber auch Trauer.
„Wie Recht du doch hast. Es gibt für all das einen Grund, aber diese Gelegenheit ist noch nicht gekommen. Du musst dich

leider noch etwas gedulden." Er lenkte sein Einhorn an meiner Stute vorbei.
Wir blieben noch kurze Zeit wie angewurzelt stehen.
Wofür muss ich mich gedulden?, fragte ich mich.
„Kommst du?", rief er mir zu.
Die Stute drehte sich um, und trabte hinterher.
Sein Blick war zum Himmel gerichtet: „Ich muss leider gehen …"
„Warte, ich habe noch so viele Fragen."

Doch dazu kam ich nicht mehr, denn ich wachte auf.
Mühsam stand ich auf und humpelte die Stiegen hinunter.
Am Küchentisch lag ein Zettel, dass Mama und Papa wie immer arbeiteten.
Ich legte mich ins Wohnzimmer und schaltete den Fernseher ein.
Es dauerte nicht lange, da schlief ich auch schon wieder ein.

„Ihr habt mich gerufen", sagte Rohn zu den beiden.
„Ja, die Kundschafter haben neue Bewegungen gemeldet", sagte Sidra.
„Rohn, sie sind wieder zu Kräften gekommen und jagen auf unserem Revier. Sie haben sich ziemlich verändert. Die meisten sind noch kräftiger als zuvor", teilte Iran seine Sorgen mit.
Rohn ging an beiden vorbei und sah in die Ferne: „Es ist so weit. Langsam sollten sie auch das zweite Tier entdecken."
Sidra und Iran stellten sich jeweils rechts und links von ihm: „Du weißt, was das heißt! Unsere Aufgabe beginnt, nun ist der nächste Schritt dran."
Ein leichter Wind kam von hinten auf und blies ihre Umhänge an der Seite nach vorne.
Wir sind bereit. Und wie sieht es bei dir aus?

Die Autorin

Irina Vonstadl wurde 2001 in Tirol, Österreich, geboren. Nach Absolvierung der Landwirtschaftlichen Lehranstalt/Pferdewirtschaft ist sie seit zwei Jahren im Einzelhandel tätig. Bereits in der zweiten Klasse Hauptschule begann die Autorin zu schreiben. Animiert von einer Serie mit Wölfen wurden diese Tiere ihre Lieblingstiere. Seitdem ist es ihre Leidenschaft, Kurzgeschichten mit Wölfen zu verfassen. Nachdem sie mit fünfzehn Jahren ihr erstes Buch gelesen hatte lernte sie, ihre Kurzgeschichten zu Büchern auszuformulieren.
In ihrer Freizeit liebt Irina Vonstadl abseits des Schreibens das Reiten und das Schwimmen.
„Halb Mensch, halb Tier" ist die erste Veröffentlichung der jungen Autorin.